AF353174

Männer WG

ein Roman

von

Pero Löwenherz

www.perolicious.de

Bibliografische Information der Deutschen Nationalbibliothek:
Die Deutsche Nationalbibliothek verzeichnet diese Publikation in der
Deutschen Nationalbibliografie; detaillierte bibliografische Daten sind
im Internet über http://dnb.d-nb.de abrufbar.

Männer WG
Pero Löwenherz

1. Auflage
Januar 2019

© 2019 DerFuchs-Verlag
D-69231 Rauenberg (Kraichgau)
info@DerFuchs-Verlag.de
DerFuchs-Verlag.de

ISBN 978-3-945858-77-6 (Taschenbuch)
ISBN 978-3-945858-61-5 (ePub)

Chris

Ding Dong! Die Türklingel ist erstaunlich laut. Ich bin gespannt, wer mir da öffnet.

»Hallo«, begrüßt mich ein halb nackter Mann. Ich bin verwundert.

»Äh, hallo«, antworte ich, ihn noch immer irritiert anstarrend. »Bin ich hier richtig? Ich wollte mir ein WG-Zimmer anschauen.«

»Komm rein!«, grinst mich der Typ während dieser Worte anzüglich an. Ist er schwul? Sieht jedenfalls so aus. Er hat den Oberkörper frei und präsentiert einen einwandfreien Sixpack. Sein Gesicht ist makellos. Trägt bestimmt Make-up. Und seine Föhnwelle ist perfekt frisiert. Sieht ein bisschen aus wie ein Hahn. Hoffentlich ist er kein eingebildeter Gockel!

»Ich ziehe mir schnell was über«, erklärt er mir. »Gehe vor in die Küche. Da sitzen die anderen beiden.« Mir wurde schon am Telefon gesagt, dass hier drei Männer leben, die einen vierten Mitbewohner suchen. Ob sie wohl alle schwul sind?

Ich gehe also in die Küche. Da sitzen sie an einem großen Küchentisch mit sechs Stühlen. Ich schaue mich kurz um. Die Küche ist insgesamt sehr groß und hell. Alles ist in Weiß gehalten und viel Licht kommt durch ein großes Fenster.

»Hallo«, begrüßen mich die beiden anderen im Chor.

»Ich bin Chris«, stelle ich mich kurz vor und reiche ihnen nacheinander die Hand. »Wir haben heute Vormittag telefoniert.«

»Genau«, entgegnet mir der Typ mit den schmalzigen Haaren und spießigem Seitenscheitel, der zumindest ordentlich angezogen ist. Er trägt ein weißes

Hemd und eine dunkle Hose. »Ich bin Sven. Das ist Tom.«

Definitiv schwul! Zwar trägt dieser Tom eine coole Lederjacke und hat eine stylische Kurzhaarfrisur, aber um die Augen sehe ich schwarze Ränder. Ich glaube, das nennt man Kajal. Erinnert ein bisschen an diesen Jungen von Tokio Hotel.

»Wir suchen einen neuen Mitbewohner«, wiederholt Sven. »Und du brauchst ein Zimmer?«

»Ja, richtig«, entgegne ich. Ganz schnell muss ich Pia erwähnen oder sie denken noch, ich sei auch schwul. »Meine Freundin und ich legen gerade eine kleine Beziehungspause ein. Aber ich liebe sie noch. Wir brauchen nur etwas Abstand.« Warum stottere ich so? Das hier ist ja fast schlimmer als ein Vorstellungsgespräch.

»So, da bin ich wieder.« Der dritte Typ, der mir die Tür geöffnet hat, kommt rein und trägt jetzt ein eng anliegendes Muskelshirt.

»Miguel hast du ja schon kennengelernt«, stellt Sven ihn mir vor. Er muss wohl der Redner von den Dreien sein.

»Was studierst du?«, will der Typ mit der Lederjacke wissen. Ach ja, ›Tom‹ ist sein Name.

»Momentan studiere ich noch Sport und Geschichte auf Lehramt. Aber ich weiß nicht, ob ich das weitermachen möchte. Vielleicht wechsle ich noch das Fach.« Ich beabsichtige das Gespräch am Laufen zu halten und gebe mich interessiert. »Und was studiert ihr so?«

»Ich studiere BWL«, erklärt der Schönling. Mir fällt auf, dass er mich an eine Ken-Figur erinnert. Dieser seltsame Freund von Barbie. »Aber eigentlich konzentriere ich mich auf meine Modelkarriere.«

»Germanistik mit dem Nebenfach Romanistik«, wirft Tom kurz angebunden ein.

»Und ich studiere Jura«, erklärt Sven. »Nebenbei arbeite ich in einer kleinen Anwaltskanzlei. Hauptsächlich werde ich jedoch von meinen Eltern unterstützt. Diese Wohnung gehört übrigens ihnen.«
Damit macht er unverständlich klar, dass er der Hausherr ist. Damit kann ich leben. Scheinen bisher ganz nette Typen zu sein. Und bei ihnen wird Pia wohl kaum eifersüchtig werden. Keine Frau, die hier wohnt. Dann ist es ja gut.

Tom

»Komm, ich zeige dir kurz die Wohnung und dein Zimmer.«

Natürlich muss sich Sven mal wieder so aufspielen. Aber soll er ruhig mal machen. Ich finde diesen Chris okay. Dass er hetero ist, kann mir sowieso egal sein. Sven hat ja eh die strenge Regel, dass wir Mitbewohner nichts untereinander haben dürfen. Und zudem habe ich meinen Ronny, auch wenn er gerade im Ausland ist.

Sven führt ihn durch unsere Altbauwohnung. Es gibt einiges zu zeigen, wie mein treuer Mitbewohner findet. Bei mir wäre die Führung in Nullkommanix durch gewesen, aber Sven muss ja alles ganz genau zeigen. Im Bad erklärt er ihm sogar, wie die Waschmaschine funktioniert. Das Wohnzimmer ist schnell gezeigt. Da ist nur eine Couchgarnitur mit einem Ecksofa und einem Sessel, einem Beistelltisch und natürlich der riesige LED-Flachbildfernseher an der Wand. Auf dem großen Balkon steht ein Gartentisch mit vier Plastikstühlen. Wenn Besuch da ist, wird an diesem Ort geraucht. Das mögliche Zimmer hat die gleiche Größe wie alle anderen. Ein Bett und ein Kleiderschrank in Bucheoptik befindet sich bereits darin.

»Also was sagst du?«, fragt ihn Sven. »Würdest du das Zimmer nehmen?«

»Ja, gerne sogar«, antwortet Chris. »Für mich ist es perfekt.«

»Das muss ich dennoch eben kurz mit meinen Mitbewohnern besprechen. Wartest du bitte in der Küche?«

Sven führt Miguel und mich ins Wohnzimmer.

»Was meint ihr?«, will er wissen.

»Also ich finde ihn in Ordnung«, ist meine Antwort.

»Er ist heiß«, fügt Miguel hinzu.

»Aber, dass er heiß ist, sollte kein Kriterium sein«, belehrt ihn Sven. »Zudem ist er hetero.«

»Das ist ja gerade der Reiz«, erklärt Miguel grinsend.

»Du kennst die Regel: Kein Sex zwischen den Bewohnern«, wiederholt Sven den Kodex.

»Ich habe das eh nicht vor«, füge ich hinzu. »Ich habe ja einen Freund.«

»Ist ja schon gut«, gibt Miguel nach. »Aber ich habe nichts gegen ihn. Von mir aus kann er hier einziehen.«

»Damit bin ich auch einverstanden«, unterstütze ich ihn.

»Ich weiß nicht«, zweifelt Sven. »Er ist hetero. Das gibt vielleicht Probleme.«

»So ein Quatsch«, wische ich seinen Einwand einfach weg. »Übertreib' mal nicht.«

»Okay«, stimmt Sven nachgebend zu. »Dann darf er hier also einziehen.«

Miguel

Im Gleichschritt laufen wir hintereinander zurück in die Küche. Da sitzt er und wartet auf uns. Ein echt heißer Schnuckel muss ich zugeben. Er trainiert bestimmt regelmäßig. Er ist groß, blond, hat blaue Augen und Oberarme zum Dahinschmelzen. Meine Libido regt sich merklich.

Wir setzen uns hin und Sven übernimmt abermals das Wort:

»Wir haben uns entschieden und würden dich gerne in unsere WG aufnehmen.«

»Großartig«, freut sich der Hottie strahlend. Ich freue mich auch und versuche ihn, mit meinen Augen zu verführen.

»Das muss gefeiert werden«, sage ich. »Heute Abend gehe ich auf eine Party. Da werden viele weibliche Models dabei sein. Magst du nicht vielleicht mitkommen?«

In mir steigt Hoffnung auf. Wenn er ja sagt, empfindet er bestimmt auch was für mich.

»Danke für das Angebot«, entgegnet er. »Aber ich würde viel lieber schon mal ein paar Sachen aus meiner alten Wohnung rüberbringen.«

Da zerplatzt mein Traum.

»Sehr gute Idee«, stimmt ihm Sven zu. Oh Sven, musst du mir denn immer alles vermiesen? »Dann kannst du heute Nacht schon hier schlafen. Natürlich nur, wenn du möchtest.«

»Sehr gerne sogar«, erwidert Chris und ich bin traurig. Dann muss ich mir wohl heute Abend einen anderen heißen Kerl aufreißen.

»Aber ein Glas Sekt wird wohl noch gehen?«, schlage ich vor.

»Gute Idee«, stimmt Tom zu. Wenigstens ist auf ihn Verlass. »Im Kühlschrank muss noch eine Flasche stehen.«

Sogleich tanze ich leichtfüßig zum Kühlschrank. Ich öffne die Tür und sehe, dass die Flasche im untersten Fach liegt. Perfekt! Ich bücke mich und strecke meinen Knackpo in die Richtung des neuen Mitbewohners. Vielleicht bemerkt er meine trainierten Po-Muskeln und wechselt doch noch das Ufer. Als ich mich umdrehe, merke ich, dass er gar nicht in meine Richtung schaut. Schade ...

Ich köpfe die Flasche, während Sven vier Sektgläser aus dem Schrank holt. Die Flasche schäumt mehr als bei meinem letzten Orgasmus. Ich gieße den Sekt in die Gläser und wir stoßen gemeinsam auf unseren neuen Mitbewohner an.

Sven

»Das tut gut«, sagt Tom, als er das Glas in einem Zug leert. Auch mir schmeckt der Schampus. Ich bin froh, dass wir so schnell einen neuen Mitbewohner gefunden haben. Hoffentlich klappt das auch, obwohl er hetero ist. Ich weiß nicht, ob es nicht zu Problemen führen kann, wenn ein Hetero mit Schwulen zusammenwohnt. Nicht, dass er sich noch irgendwann belästigt fühlt.

»So, dann hole ich mal die ersten Sachen aus meiner alten Wohnung«, kündigt er an.

»In Ordnung«, entgegne ich. »Und während du weg bist, bereite ich schon mal den Untermietvertrag vor.«

»Alter Streber«, neckt mich Tom.

»Was wir haben, haben wir«, erkläre ich ihm. Ich schiebe solche Dinge nicht gerne auf die lange Bank. Ich erledige das lieber gleich. Außerdem kann es nur Probleme geben, wenn man nicht sofort einen Vertrag aufsetzt. Wie viele Mietklagen aus diesem Grund auf dem Schreibtisch meines Chefs in der Kanzlei liegen ... Nein, nein, lieber gleich für klare Verhältnisse sorgen.

Miguel bringt ihn zur Tür. Wie er ihn schon wieder anschaut. Der Typ muss jeden Dreibeiner gleich mit seinen Augen ausziehen. Dabei hat er diesmal wohl keine Chance. Chris ist der heteroste Hetero, den ich seit Langem kennengelernt habe. Und dabei ist mein Bruder wohl der machohafteste Hetero, den es gibt.

Ich verschwinde sofort in mein Zimmer und setze mich an den Schreibtisch. Irgendwo habe ich doch noch die Vorlage von den Untermietverträgen meiner Mitbewohner. Ich muss sie nur ein klein wenig abändern.

Da klopft es an der Tür.

»Herein!«

Tom steht da.

»Mach dich doch mal locker, Sven. Der Vertrag hat doch noch Zeit.«

»Nein«, entgegne ich. »Ich will das gleich erledigen. Ich hasse es, Sachen länger liegen zu lassen. Das müsstest du doch mittlerweile wissen.«

»Oh ja, das ist wahr«, stimmt er mir zu. »Aber du müsstest mich auch kennen und daher wissen, dass ich es zumindest probiere, dir den Stress zu nehmen.«

Ich muss grinsen, tippe aber weiter. Tom geht wieder aus dem Zimmer. Er denkt jetzt bestimmt, dass ich unverbesserlich bin.

Mir zieht es mir mal wieder in der Magengegend. Moment, ich müsste noch eine Magentablette in der Schreibtischschublade haben. Ich krame etwas und da ist sie.

Ich hole mir ein Glas Wasser aus der Küche, um damit die Tablette herunterzuspülen. Gleich geht es mir bestimmt besser.

Chris

Ob Pia da ist? Ich betrete unsere gemeinsame Wohnung. Ein Stich ins Herz trifft mich, als ich realisiere, dass das bald nicht mehr unsere gemeinsame Wohnung sein wird. Ich werde ausziehen.

Ich höre eine leise Stimme. Ich lausche an der Wohnzimmertür. Pia telefoniert. Okay, dann gehe ich ins Schlafzimmer und packe ein paar Sachen zusammen. Die Reisetasche krame ich unter dem Bett hervor. Ich stopfe ein paar Klamotten aus dem Schrank hinein. Vielleicht sollte ich auch Bettwäsche mitnehmen. Am besten hole ich noch einen Sack aus der Rumpelkammer.

Die Wohnzimmertür geht auf. Sie hat mich wohl gehört.

»Du bist es«, stellt sie fest. Dachte sie etwa, ich wäre ein Einbrecher?

»Ich habe das Zimmer in der WG bekommen. Ich schnappe mir nur ein paar Sachen und dann bin ich weg.«

»Super«, ruft sie gespielt erfreut aus. Alles nur Fassade.

»In den nächsten Tagen hole ich den Rest.«

»Ist ja nicht viel«, entgegnet sie spöttisch. »Das meiste habe ich ja von meinem Geld angeschafft.« Erneut Vorhaltungen. Ich kann es nicht mehr hören.

»Genau«, gebe ich zu. »Viel brauche ich auch nicht in meinem neuen Zimmer. Da ist eh kein Platz.«

»Das ist ja toll«, fügt sie hinzu und geht zurück ins Wohnzimmer. Die Tür knallt.

Ich liebe sie, aber momentan hat es einfach keinen Sinn. Sie ist unglücklich und zugegebenermaßen bin ich auch unzufrieden mit mir. Ich muss erst einmal mein Leben in den Griff kriegen.

Ich packe schnell mein Zeug und spute aus der Wohnung. Kurz überlege ich noch. Ich hoffe, dass sie aus dem Wohnzimmer kommt und mich aufhält. Ich warte eine Sekunde darauf, dass sie mich nicht ziehen lässt, doch es passiert nicht. Sie bleibt im Wohnzimmer, was mir zeigt, dass sie mich gehen lässt. Sie hält mich nicht auf.

Ich hänge meinen Schlüssel ans Schlüsselbrett der Wohnung und ziehe die Haustür hinter mir zu. Es gibt kein Zurück mehr. Ich ziehe in die WG.

Tom

Ich öffne das Chatprogramm und tatsächlich ist mein
Schatz online.

```
BikerTom:     hallo mein schatz!
MotoRonny:    hey was geht?
BikerTom:     alles gut soweit. und bei dir?
MotoRonny:    mir geht es super. das wetter ist
              fantastisch. es tut gut mit dem bike
              über den highway zu cruisen.
BikerTom:     wo bist du gerade?
MotoRonny:    in einem motel. billige absteige.
              aber wlan gibt es. haha
BikerTom:     cool! wir haben endlich einen neuen
              mitbewohner.
MotoRonny:    sehr gut. wie ist er?
BikerTom:     scheint ganz nett zu sein. chris
              heißt er. sieht sehr gut aus. ;-)
MotoRonny:    klasse.
BikerTom:     groß, blond, blaue augen, muskulös,
              sehr männlich.
MotoRonny:    klingt gut. dann hat die suche ein
              ende.
BikerTom:     ich vermisse dich. <3
MotoRonny:    ich dich auch. aber ich muss jetzt
              los. wir schreiben uns.
MotoRonny is offline.
```

Das ging jetzt aber schnell. Was sollte das? Warum lässt
er mich so in der Luft hängen? Und warum interessiert
es ihn nicht, dass ein neuer heißer Typ in die WG

gezogen ist? Ein bisschen eifersüchtig könnte er schon sein. Blöder Kerl!

Wahrscheinlich hat er es eilig. An seiner Stelle hätte ich bestimmt auch ganz andere Sachen im Kopf. Wie ich ihn beneide. Er cruist gerade mit seiner Maschine über die Route 66. Ich gönne es ihm schon irgendwie. Sein Traum ist in Erfüllung gegangen. Wie gerne wäre ich dabei. Aber ich habe diese blöde Greencard nicht gekriegt.

Na ja, in ein paar Monaten sehe ich ihn wieder. Ein ganzes Jahr ohne ihn ist die Hölle, aber bald haben wir die Hälfte um. So dauert es nicht mehr lang, bis ich ihn wieder in meinen Armen halten kann. Und dann machen wir eine gemeinsame Motorradtour hier in Deutschland ... wie in guten alten Zeiten.

Fast fünf Jahre sind wir schon ein Paar. Das ist eine relativ lange Zeit. Wir sind durch Dick und Dünn gegangen. Wir haben gemeinsam den Motorradführerschein gemacht und dann unsere erste kleine Tour gemeistert. Wir wollten beide schon immer unbedingt auf die Route 66. Bei ihm hat es geklappt. Niemals hätte ich verlangt, dass er die Tour verschiebt. Wer weiß, ob es überhaupt noch mal geklappt hätte. Es war ja schon alles vorbereitet. Er hat einen Zwischenmieter für seine Wohnung gefunden und ein Sabbatjahr auf seiner Arbeit eingereicht. So einfach hätte er das nicht rückgängig machen können.
Bei mir war es ganz einfach. Ich konnte mich schnell wieder in die WG einmieten und mein Studium wie gewohnt fortsetzen. Bei ihm wäre es komplizierter gewesen. Daher sei es ihm gegönnt.

Miguel

Es klingelt. Ist Chris etwa schon wieder da? Ich eile schnell zur Tür. Aber es ist nur meine beste Freundin.

»Viola!« Küsschen links, Küsschen rechts. »Komm rein, Süße.«

»Du bist ja noch gar nicht fertig«, ermahnt mich meine feurige Schönheit von Freundin. Während ich noch im Tanga herumlaufe, trägt sie ein hautenges grünes Minikleid. Mit ihren langen roten Haaren sieht das echt klasse aus.

»Machst du heute einen auf Poison Ivy?«

»Mit meinem Gift kriege ich jeden«, entgegnet sie kokett. »Aber dir fehlt noch allerhand bis zum letzten Schliff.«

»Ich weiß schon, was ich anziehe.« Ich krame in meinem Kleiderschrank und hole ein weißes Shirt mit V-Ausschnitt heraus. Ebenso präsentiere ich das blaue Sakko und eine enge Jeans dazu.

»Sehr gut«, lobt sie. »Doch bevor du das anziehst, schnell noch ein Foto für Insta.« Sie holt ihr iPhone hervor und schießt ein Selfie mit mir. Ich muss zugeben: Wir beide sehen wieder heiß aus. Ich kann meinen prächtigen Oberkörper sehen lassen und Viola hat einfach die perfekten Modelmaße. Wir beide werden es im Business sicherlich noch weit bringen.

»Gibt es sonst irgendetwas Neues?«, fragt sie mich, während sie das Bild mit Filtern bearbeitet.

»Wir haben einen neuen Mitbewohner. Sein Name ist Chris und er ist megaheiß.«

»Ach ja?«, hakt sie eher uninteressiert nach. Weiterhin bleibt ihr Gesicht auf dem Bildschirm ihres Smartphones kleben.

»Er ist hetero«, ergänze ich meine Ausführungen. Da erhebt sie sofort das Köpfchen. Ich wusste doch, dass das ihr Interesse wecken würde.

»Ernsthaft?«, will sie wissen.

»Groß, blond, blaue Augen und ein Traumkörper«, beschreibe ich Chris.

»Das ist meiner«, stellt sie lapidar fest. »Den schnappe ich mir. Wann lerne ich ihn kennen? Ist er da?«

»Er holt gerade noch Sachen aus seiner alten Wohnung. Ich habe ihn schon gefragt, ob er mit uns abfeiern kommt, aber er will nicht. Da müssen wir das Kennenlernen erst einmal verschieben.«

»Oh menno ...« Viola schaut ziemlich enttäuscht aus der Wäsche. »Aber du meinst schon, dass ich Chancen habe?«

Ihr Interesse wächst mit jeder Sekunde.

»Ich weiß nicht«, halte ich meine Aussage vage. »Er hat sich gerade erst von seiner Freundin getrennt.«

»Perfekt«, jubelt sie. »Deprimierte Männer sind die besten Opfer. Poison Ivy wird ihn schon herumkriegen.«
Wir beide müssen lachen.

Sven

Was soll denn das schon wieder? Woher kommen denn diese Schmerzen? Ich beschließe, mich kurz hinzulegen.

Kaum hat mein Kopf das Kissen berührt, klopft es an der Tür, aber derjenige wartet nicht, bis ich ihn hereinbitte. Natürlich ist es Miguel.

»Ich habe dich nicht hereingebeten«, ermahne ich ihn.

»Störe ich dich etwa beim Wichsen?«

»Miguel!«

»Ist ja schon gut. Ich wollte nur fragen, ob du nicht mal aus deinem Loch kriechen möchtest und mit auf die Party kommst? Das wird bestimmt lustig.«

»Danke für die Einladung, aber ich bleibe lieber hier. Ich möchte mit Chris den Mietvertrag durchgehen, sobald er wieder da ist. Außerdem braucht er noch die Schlüssel.«

»Okay, ich habe nur mal gefragt.«

Er schließt die Tür und ich höre, wie er mit seiner besten Freundin die Wohnung verlässt. Ein paar Minuten ist es still, nur das Surren des Laptops ist zu hören. Ich beschließe, mich erneut aufzurappeln und den Mietvertrag auszudrucken, da klingelt es.

»Ich gehe schon«, rufe ich in Richtung von Toms Zimmer. Ich vermute, dass es Chris ist, doch stattdessen steht mein Bruder Bastian vor der Tür.

»Was machst du denn hier?«, frage ich.

»Hallo Sven.« Er umarmt mich ungewöhnlich herzlich. »Ich brauche einen Unterschlupf für heute Nacht. Ich war übers Wochenende in Wien und fahre morgen weiter nach Berlin.«

Dort studiert er. Mein Bruder gehört eher zu der unsteten Art Mann, was mich allerdings nie gestört hat, im Gegensatz zu unseren Eltern. Ich führe ihn ins Wohnzimmer.

»Du weißt, unsere Couch steht dir immer zur Verfügung. Du kannst hier pennen.«

»Danke«, sagt er ehrlich.

Sofort schmeißt er sich auf die Couch, streift seine Turnschuhe ab und legt die Füße auf den Tisch.

Seltsam. Er ist echt das komplette Gegenteil von mir. Er ist der allergrößte Macho, ständig auf Achse und genießt sein Leben. Das einzige, was wir gemeinsam haben, sind unsere Haare. Sie haben die gleiche Farbe und die gleiche Länge, wobei seine wild vom Kopf abstehen. Außerdem trägt er immer einen Dreitagebart, was ihn ein wenig übernächtigt aussehen lässt.

»Hast du noch eine Decke für mich? Das wäre perfekt.«

Natürlich habe ich eine Decke für ihn. Ich gehe in mein Zimmer und krame eine aus dem Schrank hervor. Zusammen mit einem Bezug bringe ich sie ihm.

Tom kommt hinzu.

»Hallo Bastian!«

»Hey, wie geht es dir?« Die beiden begrüßen sich per Handschlag, woraufhin Tom wieder verschwindet.

»Geil! Danke dir«, brummt mein Bruder, als ich ihm die Decke reiche. Er wirft mir gespielt einen Luftkuss zu. Ich rolle mit den Augen. Er muss mich ständig mit meiner Homosexualität aufziehen, indem er sich besonders tuntig benimmt. Arschloch!

»Willst du gleich pennen oder hast du Hunger?«

»Hast du was da? Ich habe einen riesigen Kohldampf?«

»Es müssten noch ein paar Nudeln da sein«, biete ich ihm an. Erfreut läuft er in die Küche.

So einfach kann man jemanden glücklich machen.

Chris

Ding Dong! Ob ich mich jemals an diese laute Klingel gewöhnen werde? Sven öffnet mir die Tür.

»Darf ich dir gleich noch jemanden vorstellen?«

Ich nicke und wir laufen zusammen in die Küche. Ein weiterer Typ sitzt da und schlingt Nudeln mit Tomatensoße in sich hinein. Zuerst dachte ich, er sei Svens Lover oder so.

»Hallo, iff bin Bafftian«, begrüßt er mich mit vollem Mund.

»Mein ungehobelter Bruder versucht, sich vorzustellen«, erklärt Sven. »Das ist Bastian. Bastian, das ist unser neuer Mitbewohner Chris.«

»Freut miff!« Er lässt sich nicht beirren und stopft weiterhin Nudeln in seinen Mund.

Ich erkenne die Ähnlichkeit. Sie ist unverkennbar. Er sieht auch schwul aus. Liegt vielleicht in der Familie.

»Bastian ist heute Nacht zu Besuch. Er schläft auf der Couch«, erklärt Sven weiter.

»In Ordnung«, sage ich.

»Willst du dir den Mietvertrag gleich anschauen? Ich habe ihn schon fertig.«

»Na klar«, antworte ich. Wir gehen in sein Zimmer, wo er mir den Vertrag in die Hand drückt.

»Setz dich ruhig und lies ihn in Ruhe durch.«

So viele Paragraphen. Ich vertraue ihm und unterschreibe gleich. Sven schaut skeptisch. Stimmt ja, er ist Jurastudent. Wahrscheinlich arbeitet er alle Verträge akribisch durch, bevor er sie unterschreibt. Ich hätte vielleicht interessierter wirken sollen. Nun ja. Zu spät.

»Ich gehe mal meine Sachen auspacken«, meine ich und verlasse Svens Zimmer, ehe er mich aufhalten kann.

In meinem neuen Zimmer schmeiße ich den Sack mit der Bettwäsche aufs Bett. Meine Reisetasche, in der sich meine Klamotten befinden, stelle ich vor dem Schrank ab. Ich räume nach und nach alles ein. Mir fällt auf, dass ich meinen Schreibtisch ebenfalls hierher bringen sollte. Ich brauche ihn. Meine Bücher benötige ich ebenfalls. Das ganze Regal sollte ich holen. Also muss ich mir einen Transporter leihen.
Mit der Zeit fallen mir noch mehr Dinge ein, die ich aus der Wohnung holen muss. Eigentlich will ich das gar nicht, aber es muss sein. Ich nehme mir vor, alles in den nächsten Tagen zu holen. Das wird schwer. Trennungen sind einfach scheiße!

Tom

Ich kann nicht schlafen. Die ganze Zeit wälze ich mich hin und her. Ich muss noch mal raus. So ziehe ich meine Motorradsachen an, schnappe mir die Schlüssel und verlasse die Wohnung. Mein Bike glänzt sogar bei Nacht. Ich ziehe den Helm auf und fahre los. Die Nachtluft und die Motorengeräusche tun mir gut. Auf diese Weise kann ich meinen Kopf frei kriegen. Ständig muss ich an Ronny denken. Was er wohl gerade macht? Wahrscheinlich fährt er auch gerade über den Highway. Ich halte an einer Schwulenbar. Sie hat noch offen. Ich sollte nicht trinken, wenn ich mit dem Bike unterwegs bin, aber ein Bier wird hoffentlich nicht schaden.

Ich setze mich an die Bar und bestelle ein kühles Bier. Es tut gut, wie es meine Kehle hinunterläuft. Plötzlich spricht mich jemand von der Seite an:

»Coole Motorradkluft!«

»Danke«, entgegne ich, ohne ihn weiter zu beachten. Er gibt jedoch nicht auf:

»Noch so spät mit dem Motorrad unterwegs?«

Ich schaue den Typen zum ersten Mal richtig an. Er ist ein paar Jahre älter als ich, hat eine dunkle Kurzhaarfrisur, braune Augen und zwei ziemlich süße Grübchen. Er sieht nett aus, ist aber nicht mein Typ. Ich stehe auf kernigere Kerle. Ronny ist groß, muskulös, hat ein markantes Gesicht und stechende Augen. Ich liebe seine Mundwinkel, die stets grimmig wirken und ich mag den Dreitagebart. Höchstens seine Frisur würde ich kritisieren, weil diese jeder Zweite auf der Straße trägt: Den Shortcut mit kurzen Seitenpartien und dem längeren Teil in der Mitte. Insgesamt wirkt Ronny ziemlich wild und nicht so jungenhaft, wie der Typ, der sich gerade neben mich gesetzt hat.

»Darf ich dich auf ein zweites Bier einladen?«, fragt er.

›Warum nicht‹, denke ich und nehme das Angebot an.

Kurze Zeit später sitzen wir an einem Tisch und ich lasse mich volllabern. Ich höre gar nicht richtig zu. Er sagt, er heißt Roberto und erzählt mir von seinem Beruf und dem stressigen Alltag und wie lange er schon single ist. Das interessiert mich gar nicht, aber das Bier lockert meine Stimmung auf.

Irgendwann drückt die Blase und ich gehe auf die Toilette. Ich stelle mich ans Pissoir. Ohne dass ich es zunächst bemerke, steht Roberto neben mir. Er lächelt mich an. Ich lächle zurück. Mein Blick geht nach unten. Roberto hat überraschenderweise einen sehr dicken Schwanz. Er reibt ihn, sodass er steif wird. Mir wird mulmig zumute. Ich packe meinen Penis schnell ein, doch da zieht er mich schon zu sich. Er schaut mir in die Augen und will mich küssen. Ich ringe mich dazu durch, schließe die Augen und spitze meine Lippen.

Doch ehe seine Lippen die meinen berühren, schubse ich ihn weg.

»Was ist los?«, fragt er irritiert.
»Ich kann nicht«, sage ich, doch er versteht mich wohl nicht. Ich lasse ihn einfach stehen und laufe aus der Toilette. Mein Ziel ist die Bar, an der ich mich niederlasse, als wäre nie etwas geschehen. Ich beschließe, weiter zu saufen, bis ich nicht mehr kann. Heute gebe ich mir die Kante.

Miguel

»All the single ladies, all the single ladies ...« Viola und ich singen im Chor, als wir durch das Treppenhaus laufen.

»Psssst!«, flüstere ich ihr zu. »Die Jungs schlafen bestimmt schon. Wir müssen leise sein.«

»Warum sin' wir eig'ntlich schon wech von der Party?«, lallt Viola, ohne ihre Stimme zu senken. »Es wa' so cool da.« Sie muss lachen. Ich stimme mit ein.

»Du wolltest doch zu mir in die WG, meinen neuen Mitbewohner kennenlernen.«

»Ach so.«

Es dauert einige Momente, bis ich die Haustür aufbekomme. Erneut mache ich sie darauf aufmerksam, leise zu sein. Ich scheitere allerdings ebenfalls daran. Wir poltern durch den Flur. Ich gehe in Richtung meines Zimmers, während Viola stehenbleibt.

»Ich muss noch mal Pipi«, verkündet sie.

Sie läuft zum Badezimmer. Ich schließe die Tür hinter mir und fange an, mich auszuziehen. Ich schaue in den Spiegel und bemerke einen Knutschfleck am Hals. Das muss wohl der süße Spanier auf der Party gewesen sein. Hat mir einfach einen Knutschfleck verpasst. Frecher Kerl!

Gerade will ich mir die Unterhose abstreifen, als ich es mir anders überlege. Heute schlafe ich ausnahmsweise nicht nackt, denn schließlich wird Viola neben mir pennen. Wo bleibt sie eigentlich?

Ich schmeiße mich rücklings aufs Bett. Ach, das tut gut! Ich schließe die Augen. Alles dreht sich. Das waren wohl doch ein paar Tequila zu viel.

Plötzlich höre ich einen Schrei. Ich stemme mich hoch und haste in den Flur. Mir kommen Chris und Sven bereits entgegen.

»Was ist los?«, fragt Sven überrascht.

Ich sehe zwar alles doppelt, bemerke trotzdem, wie heiß Chris in der Nacht aussieht. Seine Haare sind zerzaust, aber das Shirt und die Shorts stehen ihm. Ich stelle fest, dass er nicht nur muskulöse Oberarme, sondern auch stramme Waden hat.

Wir laufen ins Wohnzimmer und schalten das Licht an. Was ich da sehen muss, wird mich wohl in meinen Albträumen verfolgen ... Svens Bruder liegt auf der Couch und Viola sitzt zwischen seinen Beinen und hat dessen Schwanz, der senkrecht nach oben ragt, in der Hand.

»Bastian!«, knurrt Sven.

»Viola«, lache ich.

»Was ist denn hier los?«, fragt Chris.

»Sorry«, entschuldigt sich Bastian. »Ich habe mich im ersten Augenblick erschrocken. Dachte, ich werde überfallen. Dann war es aber diese Hübsche hier.«

Viola grinst, während sie weiterhin seinen Schwanz in der Hand hält.

»Bastian, das ist ja ekelhaft«, empört sich Sven, während er sich selbst die Augen zuhält. »Deck dich zu!«

Verdutzt bemerkt Svens Bruder endlich, dass wir alle gerade auf sein bestes Stück starren. Ich muss zugeben, der Kolben ist nicht von schlechten Eltern. Schnell wirft er die Decke über sich. Viola schaut nur entschuldigend.

»Ich gehe wieder ins Bett«, wirft Chris ein. Er wirkt genervt, was mich wiederum amüsiert.

Viola läuft zu mir und ich erkläre ihr, dass der Typ auf der Couch Svens Bruder ist. Chris sei derjenige, der gerade wieder in sein Zimmer verschwunden ist.

»Ach so«, ist ihre knappe Antwort dazu. Sie zwinkert Bastian ein letztes Mal zu, der grinsend den Kopf schüttelt.

»So, alle wieder ab ins Bett«, befiehlt Sven, der alte Spielverderber.

Ich nehme Viola an die Hand und ziehe sie in mein Zimmer. Meine beste Freundin schmeißt sich aufs Bett und gerade, als ich anfangen will, mit ihr zu schimpfen, bemerke ich, dass sie schon eingeschlafen ist. Auch sie hatte heute definitiv zu viele Drinks. Ich lege mich zu ihr und mache ebenfalls meine Äuglein zu.

Sven

Ich frage mich, was das gerade sollte. Empört und gleichermaßen verwirrt schaue ich meinen Bruder an, der von der Couch aus mit einem breiten Grinsen zurückblickt.

»Was war denn bitte das eben?«, bringe ich endlich heraus. »Das kann doch nicht wahr sein! Bin ich denn in einem Irrenhaus?«

»Jetzt stell dich doch nicht so an, Sven«, ermahnt mich mein Bruder fröhlich. »War doch ganz nett so.«

»Ganz nett?«, murre ich. »Mitten in der Nacht höre ich einen Schrei von meinem ach so geliebten Bruder, renne zu ihm, weil ich denke, er steckt in Lebensgefahr. Und was erblicke ich? Deinen Schwanz in der Hand von der besten Freundin meines Mitbewohners.«

Ich bin außer mir.

»Jetzt mach mal einen Punkt!«, fordert Bastian mich auf. »Erstens: Seit wann bin ich dein *ach so geliebter* Bruder? Du denkst doch schon seit jeher, dass du mit den guten Noten was Besseres bist als ich. Zweitens: Du dachtest nicht wirklich, ich stecke in Gefahr. Du übertreibst also maßlos. Und drittens: Du findest es doch geil, einen Schwanz zu sehen.«

Ich stoße einen angewiderten Laut aus.

»Dein Schwanz ist nicht *irgendein* Schwanz. Deinen will ich bestimmt nicht sehen.«

»Du kannst es wenigstens zugeben, dass er dich ein bisschen scharf macht«, neckt er mich weiter.

»Ekelhaft«, bringe ich heraus. »Da würde ich mir lieber einen Porno mit Angela Merkel anschauen.«

»Ach ja?«, hakt Bastian herausfordernd nach. Und in diesem Moment zieht er wieder die Decke von sich und präsentiert mir sein nun schlaffes Glied.

»Bäh!«

Ich knalle die Wohnzimmertür zu. Er ist echt ein widerlicher Macho. Angeekelt verschwinde ich in mein Zimmer und schließe die Tür hinter mir ab. Hoffentlich kehrt jetzt Ruhe für diese Nacht ein. Ich habe keine Lust mehr auf irgendwelche Zwischenfälle. Viola sollte auch in Miguels Zimmer bleiben und nachts nicht irgendwelche Leute in dieser Wohnung verführen.

Ich lege mich ins Bett und lümmele mich gemütlich unter der Decke ein. Müde bin ich ja schon. Zum Glück kann ich morgen ausschlafen.

Chris

Was für eine seltsame Nacht. Wo bin ich hier bloß gelandet? Zum Glück konnte ich überhaupt irgendwie nochmal einschlafen. Aber so eine merkwürdige *Einweihung* hatte ich wohl noch nie. Als ich gestern zustimmte, in eine WG mit mehreren Schwulen zu ziehen, hätte ich niemals gedacht, dass ich in der ersten Nacht bereits einen Penis zu sehen bekommen würde. Jetzt bin ich unsicher, ob das nicht eine schlechte Entscheidung gewesen ist, gleich den Mietvertrag unterschrieben zu haben.

Andererseits lag ich gestern wegen Pia lange wach und dieser kleine Zwischenfall hatte mich ein wenig abgelenkt. Irgendwie war es ja auch lustig. Das hier ist eine komische Truppe. Mal nachsehen, ob schon einer wach ist.

Ich schlurfe in die Küche und wen sehe ich da?

»Guten Morgen!«, begrüßt mich Svens Bruder lächelnd, während er sich Cornflakes reinschiebt. Ist der Typ eigentlich immer nur am Essen?

»Morgen!«, gebe ich zurück und versuche ihn nicht anzustarren. Mir ist es ein bisschen unangenehm. Ich kenne jetzt schließlich seinen Penis. Na ja, in der Umkleide beim Sport habe ich schon viele gesehen, aber steife – abgesehen von meinem eigenen – sieht man doch eher selten.

»War eine seltsame Nacht, nicht?«, fragt er mich.

»Irgendwie schon«, antworte ich, auf der Suche nach einer Kaffeetasse.

»Hätte nicht erwartet, dass mich bei euch so eine heiße Schnitte anfällt.«

»Wem sagst du das?« Ich runzle die Stirn, denn ich sehe keine Kaffeemaschine. Ich gucke in den Küchenschrank und entdecke etliche Päckchen an Teebeuteln. Das hätte ich mir ja denken können. Schwarztee muss also ausreichen.

»Habt ihr häufig Besuch von hübschen Mädels? Dann komme ich öfter vorbei.«

Er will wohl Smalltalk betreiben, also murmele ich:

»Ich bin erst seit gestern hier ...«

»Ach so! Du bist der neue Mitbewohner.« Er lacht. »Und dann erlebst du gleich so was? Jetzt bist du wahrscheinlich froh, hier eingezogen zu sein.« Seine Lache ist echt dreckig. Ich kapiere es nicht, daher hake ich nach:

»Wieso soll ich froh darüber sein?«

Er steht auf und zeigt auf seinen Schwanz.

»Ja, wegen des Kerls hier.«

Ach du Scheiße, er denkt tatsächlich, ich bin schwul.

»Das ist ein Missverständnis. Ich bin hetero.«

»Wie jetzt? Du bist hetero? Und dann ziehst du mit drei Schwulen zusammen?«, fragt er perplex. Seine Augen gehen beinahe über vor Überraschung.

»Warum denn nicht?«

»Also ich hätte Angst um meinen Arsch.« Svens Bruder ist wohl nicht der Einstein der Familie. Ich überlege ernsthaft, ob ich nicht in mein Zimmer zurück soll, um dort meinen Tee in Ruhe zu trinken.

Die Rothaarige der vergangenen Nacht taucht jedoch in der Küche auf.

»Moin moin«, begrüßt sie uns. Sie sieht verkatert aus. Ihre Schminke ist total verlaufen. Sie trägt nur einen Slip und einen BH. Bastian macht erneut große Augen.

»Hallo, gnädiges Fräulein«, sagt er extrem freundlich. »Wie habt Ihr geschlafen?«

Sie läuft wie selbstverständlich zum Kühlschrank und holt sich eine Dose Red Bull heraus. Sie scheint öfter hier zu Besuch zu sein, stelle ich fest.

»Sehr gut«, antwortet sie und zwinkert ihm zu. »Und wie habt ihr beiden Hübschen gepennt?«

»Nach deinem Besuch bei mir auf der Couch sehr gut. Wir können das gerne mal wiederholen.«

»Sehr gern«, stimmt sie zu und grinst frech. »Bist du auch dabei?«, wendet sie sich plötzlich an mich.

Beinahe verschlucke ich mich an meiner eigenen Spucke. Ich stelle den Wasserkocher an und tue so, als ob ich diese rothaarige Schönheit nicht gehört hätte. Der Lüstling meldet sich stattdessen zu Wort:

»Also so ein Dreier mit einem anderen Kerl muss nicht sein.«

»Stell dich nicht so an«, entgegnet sie ihm und boxt ihm freundschaftlich in die Seite. »Er hat doch quasi schon alles von dir gesehen.«

»Stimmt auch wieder«, brummt Svens Bruder.

Schnell mische ich mich ein, ehe das Ganze am Ende noch ohne mich beschlossen wird:
»Also ich habe dazu kein Interesse. Tut mir leid.« Ich gieße hastig heißes Wasser in meine Tasse und verschwinde mit dieser in meinem Zimmer. Die beiden lasse ich lieber allein.
Ob jetzt jeder Morgen in dieser WG so beginnt? Ich hoffe es ja nicht. Das ist mir ein bisschen zu viel.

Tom

Mir ist ganz schwindelig. Ich glaube, ich habe zu viel getrunken. Zum Glück war ich so vernünftig, mein Bike an der Bar stehenzulassen, sonst hätte ich noch einen Unfall gebaut. Mann, war es immer schon so schwer, den Schlüssel ins Loch zu bekommen? Ich will endlich in die Wohnung.

Geschafft!

Ich bin drin, muss mich jedoch gleich an der Wand abstützen. Es dreht sich alles. Warum bleibt der Boden nicht stehen? Der dürfte sich doch überhaupt nicht bewegen! Ich muss mich an der Kommode entlanghangeln. Nur ein paar Meter bis zu meinem Zimmer, da höre ich Stimmen aus der Küche. Ist da eine Frau? Viola?

»Hey Tom!«, höre ich auf einmal direkt vor mir. Huch, woher kommt denn Miguel so plötzlich?

»Warum hassu nix an?«, frage ich ihn.

»Ich wollte gerade unter die Dusche.« Er beäugt mich irritiert.

»Da is ja ein Bär auf deiner Unnerhose.« Ich pikse gegen das Bildchen und mein Mitbewohner schreckt zurück. Ups!

»Das ist kein Bär, sondern ein Puma«, ermahnt er mich. Dabei lacht er allerdings, also ist er mir nicht böse. »Komm, ich bring dich ins Bett Du siehst scheiße aus!«

Er greift mir unter die Arme. Miguel ist echt nett, auch wenn er mich gerade beleidigt hat. Er kann mich stemmen, obwohl ich viel breiter bin als er. Eigentlich ist er echt schmal. Hätte nicht gedacht, dass Miguel so stark ist.

Ich verliere das Gleichgewicht, falle, lande allerdings weich. Ui! Ich liege auf meinem Bett. Das ist aber schön ...

Miguel zieht mir die Schuhe aus. Ich versuche, mir die Lederjacke auszuziehen. Warum wehrt sich das Ding so? Blöde Jacke! Auch dabei kommt mir Miguel zu Hilfe.

»Du hast eine ganz schöne Fahne«, stellt er grinsend fest und klopft mir auf den Rücken.

»Eine föhne Schahne habbich ...«, lalle ich.

»Leg dich jetzt richtig hin und schlaf deinen Rausch aus.«

»Kannsu mir noch midder Hose helfen?«, frage ich ihn und zerre daran. Ich kriege den Knopf nicht auf. Er greift an meine Jeans und öffnet den Kopf. Miguel zieht mir den Reißverschluss herunter und schon liegt die Hose neben dem Bett. Zauberei ... Glücklich grinsend ziehe ich mir das T-Shirt über den Kopf. Ich schlafe immer nackt, also auch die blöde Unterhose runter. Ich spüre, wie sich wieder alles dreht und blinzle.

Huch! Da steht ja Miguel neben meinem Bett. In Unterhose. Was macht der hier? Will er mich verführen? Jetzt sieht er mich ja nackt!

»Was machsu hier?«, murmele ich und er lacht.

»Warum hast du mir nicht gesagt, dass du so einen großen Schwanz hast. Das ist ja mega beeindruckend.«

Jetzt muss ich tatsächlich glucksen.

»Mein Schwanz gehört nur meinem Ronny«, sage ich bestimmt und verdecke meinen Penis mit beiden Händen. »Und jetzt gehsu raus.«
Zum Glück hört er auf mich. An der Tür lächelt er mir noch mal zu und winkt, dann geht er raus. Ich muss schlafen ... Bin so müde.

Miguel

Eigentlich hätte ich es jetzt ausnutzen können. Tom ist so besoffen und serviert mir auch noch seinen Schwanz auf dem Silbertablett. Ich hätte einfach nur zugreifen müssen. Aber ich will nicht so asozial sein. Er ist noch betrunkener, als ich es heute Nacht war. Obwohl Viola sich ebenfalls richtig hatte gehen lassen, musste sie heute Nacht einfach zu Bastian ins Wohnzimmer und hat ihn begrapscht. Mein kleines Luder von Freundin.

Ich beneide sie ja schon ein bisschen. Bastian ist ein richtiges Leckerchen und jetzt habe ich auch sein Prachtexemplar an Schwanz gesehen. Den hätte ich auch gern mal zwischen den Fingern gehabt. Wenn ich jetzt noch genauer nachdenke, wäre er mir sogar noch lieber als Toms Schwanz. Na ja, wahrscheinlich liegt es daran, dass Bastian hetero ist. Heterosexuelle Männer sind immer erotischer. *Mann* will ja immer das haben, was er nicht bekommen kann.

Ich stöhne, als sich mein Kopf meldet. Das Dröhnen in meinem Schädel habe ich immer noch, obwohl ich gleich jede Menge Wasser getrunken hatte. Ich brauche Aspirin. Ganz dringend!

Ich schaue ins Badezimmerschränkchen. Ah, da ist eine Packung. Gleich mal runterschlucken und ein bisschen Wasser nachkippen, dann geht es unter die Dusche. Wie erfrischend sowas nach einer derartigen Nacht doch ist. Aber die Pille hat sich nicht sonderlich gut mit meinem Tequila vertragen. Nächstes Mal muss ich aufpassen, was für ein Zeug ich schlucke. Der Spanier war jedoch süß. Der hatte einen Body ... Huch, da kriege ich gleich wieder eine Latte.

Die Tür geht auf und ich werde aus meinen Gedanken gerissen. Was soll das? Ich versuche, mit den Händen, meinen Penis zu verdecken.

»Viola!«, schreie ich.

Da stürmt sie doch echt mit Bastian knutschend ins Bad, während ich in der Dusche stehe. Warum habe ich nicht abgeschlossen?

»Ah sorry«, entschuldigt sie sich erschrocken. »Ich dachte, es wäre frei. Außerdem war ich davon überzeugt, dass du noch im Bett bist.«

Sie grinst euphorisch.

»Und da dachtest du, du kannst dich gleich wieder an Bastian ranmachen.«

Ich verschränke die Arme, weil ich sauer bin. Erst da merke ich, dass mir Bastian auf den Schritt guckt. Schnell verdecke ich meinen Schwanz wieder.

»Ich glaube, jetzt sind wir quitt«, sagt er schelmisch grinsend. Ich rolle mit den Augen.

»Komm, wir gehen rüber«, schlägt meine beste Freundin vor, schnappt Bastian an den Armen und zieht ihn raus.

Jetzt bin ich wieder allein. Zum Glück! Oder doch nicht? Sie gehen jetzt bestimmt in mein Zimmer und machen auf meinem Bett rum. Wie widerlich! Hetero-Sex auf meinem Bett, muss das sein? Und was soll ich jetzt machen? Ich überlege kurz und beschließe, mir erst einmal ein ausgiebiges Bad zu gönnen. Nach dieser Nacht brauche ich das.

Sven

Wo steckt denn mein Bruder nur den ganzen Tag? Abgezogen ist er noch nicht, sein Rucksack steht hier herrum. Ich denke, ich muss ihm nachträglich ein weiteres Mal wegen der heutigen Nacht die Leviten lesen.

Ich mache es mir auf der Couch bequem. Mal gucken, was so im Fernsehen läuft. Ich zappe durch die Kanäle. Da wird eine Gerichtssendung wiederholt. So eine Volksverdummung! Als damals die erste Gerichtsshow auf Sendung ging und echte Fälle präsentiert wurden, fand ich die Idee ja ganz nett, aber dieses schlechte Kammerspiel nervt nur noch.

Ich höre Geräusche im Flur und blicke auf. Ach, da kommt ja mein Bruder. Er trägt allerdings nur seine Unterwäsche, was mich zu einem verächtlichen Schnauben bringt.

»Wo kommst du denn her?«, frage ich.

»Hallo Sven«, begrüßt er mich. »Ich habe mich ein bisschen mit Viola amüsiert.«

»Was?« Mir bleibt die Frage beinahe im Hals stecken. Jetzt hat er es tatsächlich mit Miguels Model-Freundin getrieben? Oh nein!

»Ja, die ist echt heiß. Und Miguel war so nett, uns sein Zimmer zur Verfügung zu stellen.«

»So ein Blödsinn«, mischt sich nun mein Mitbewohner ein, der gerade ebenfalls ins Zimmer kommt. Er wirkt missmutig. »Ihr habt es einfach beschlagnahmt. Na ja, so habe ich wenigstens die Zeit genutzt, um mir ein ausgiebiges Beautyprogramm im Bad zu gönnen. Ein heißes Bad, Gesichtspeeling, komplette Haarentfernung ...«

»Wo bin ich hier bloß gelandet?«, brumme ich und reibe mir genervt das Gesicht. Das ist alles gegen die Regeln!

»Jetzt mach bloß keinen Stress«, erwidert mein Bruder. »Ich mache mich jetzt schnell frisch und dann ziehe ich ab. Meine Bahn fährt in einer Stunde.« Damit verabschiedet er sich ins Badezimmer und ich bekomme nicht die Gelegenheit, ihn zusammenzustauchen. Stattdessen kommt Viola hinzu. Sie ist fröhlich und hopst geradezu neben mir auf die Couch.

»Na? Hat es Spaß gemacht?«, neckt Miguel seine beste Freundin, die kichert.

»Bist doch nur neidisch«, antwortet sie und streckt ihm dabei die Zunge raus.

»Könnt ihr das nächste Mal vielleicht einfach zu dir nach Hause gehen?«, frage ich das rothaarige Model und verschränke die Arme vor der Brust. Das Chaos, das sie hier verursachen, gefällt mir ganz und gar nicht.

»Ach, Svenny-Boy!« Ich hasse es, wenn sie mich so nennt! »Sei doch mal ein bisschen entspannter. Das Leben ist ein Spiel ... Sei kein Spielverderber.«

»Sag du doch auch mal was!«, fordere ich Miguel auf, der jedoch nicht so aussieht, als würde er mir beistehen wollen.

»Na ja, Viola hat schon recht. Man sollte nicht alles so ernst nehmen und mehr Spaß haben. Komm doch einfach mal mit uns feiern. Wie wäre es denn mit heute Abend?«

»Wie bitte?«, hake ich nach.

»Das ist eine gute Idee«, unterstützt ihn Viola und tätschelt mir die Schulter, was mich zu einem missgelaunten Brummen bringt. »Du musst auch mal wieder einen Kerl aufreißen. Komm mit! Du wirst bestimmt deinen Spaß haben. Sei kein Frosch ...«

Sie hören gar nicht mehr auf, mich zu bequatschen. Sie wollen unbedingt, dass ich sie begleite.

Ich denke darüber nach und komme zu dem Schluss: Warum eigentlich nicht? Ich habe sowieso nichts Besseres zu tun und hatte schon lange keinen Spaß mehr.

»Vorher will ich Chris den Haushaltsplan erklären, aber dann hätte ich Zeit.«
Die beiden freuen sich und ich muss zugeben, dass es mir ähnlich ergeht. Ich hoffe nur, dass es weniger chaotisch dort zugeht, wie in unserer Wohnung.

Chris

Sven ist ziemlich nett, kann aber auch ziemlich spießig sein. Wie alt ist er? 23? Also vier Jahre jünger als ich und dann schon so einen Stock im Arsch! Da hat er mir lang und breit den Haushaltsplan erklärt ... Echt ermüdend. Er ist ja schlimmer als Pia! Mit Pia war es dagegen einfach. Wir haben nichts großartig aufgeteilt. Jeder hat etwas gemacht, wenn er es gesehen hat. Na gut, sie hat sich meistens um die Wäsche gekümmert, dafür erledigte ich fast immer den Einkauf und schleppte die Wasserkisten.

Pia ...

Ich muss mich ablenken und packe meine Tasche fürs Fitnessstudio. Dort kann ich mich am besten abreagieren. Ich powere mich so richtig aus: Ein paar Gewichte stemmen und die Bauchmuskeln trainieren.

Im Flur begegne ich Tom. Ach du meine Güte, sieht der heute scheiße aus. Er wirkt völlig durch den Wind.

»Wohin gehst du denn?«, fragt er mich und blickt auf die Tasche, die ich auf den Rücken geschnallt habe.

»Ins Fitnessstudio.«

»Cool. Ich glaub, das könnte ich auch gebrauchen. Nimmst du mich mit?«

Eigentlich keine schlechte Idee, so lerne ich meinen Mitbewohner ein bisschen besser kennen. Mal sehen, wie er so drauf ist.

»Na klar«, ist meine Antwort und ich grinse.

»Warte einen Moment. Ich zieh mir nur schnell was über.«

Er verschwindet in seinem Zimmer. Bisher kommt er mir trotz des Eyeliners normaler vor als die anderen. Sven ist der Spießer und Miguel wohl die

Oberschwuppe hier. Wie er heute Nacht Svens Bruder angestarrt hat. Oder mich … Aber glücklicherweise wohnen Bastian und diese Rothaarige nicht hier. Die scheinen ziemlich verrückt zu sein. Da hält sie einfach seinen Schwanz in der Hand, als wir die beiden im Wohnzimmer erwischen. Die scheint ja ganz schön versaut zu sein.

Aber Bastian hat es sichtlich genossen. Wahrscheinlich hätte ich es auch nicht schlecht gefunden, wenn mir ein Model an den Sack gegangen wäre. Ich meine, vor meiner Beziehung mit Pia. Aber sobald andere das gesehen hätten, wäre ich vor Scham im Boden versunken. Svens Bruder hingegen hat uns quasi schamlos seinen Schwanz präsentiert. Was würde Pia zu den Gestalten hier wohl sagen? Ich seufze leise. Jetzt denke ich ja schon wieder an sie.

Tom kommt endlich zurück.

»Wir können.«

Er hat auch eine Sporttasche gepackt. Sein Haar ist zwar noch immer zerzaust, aber das ist egal. Er kann ja nach dem Training dort duschen.

Tom

Es war eine super Idee, mit Chris ins Fitnessstudio zu gehen. Ich bin zwar noch verkatert und übermüdet, aber es tut trotzdem gut. Zu zweit macht es auch mehr Spaß als allein und wir beide können uns ein bisschen kennenlernen. Bei den Gewichten helfen wir uns gegenseitig und können nebenbei quatschen. Glücklicherweise scheint er keinerlei Probleme damit zu haben.

»Du hast also Stress mit deiner Freundin?«, frage ich ihn.

»Hoffentlich ist sie noch meine Freundin«, antwortet er traurig. »Momentan weiß ich das nicht so genau.«

»Meist ist ja eine räumliche Trennung schon der erste Schritt zum Beziehungsende.« Als ich das ausspreche, fällt mir auf, dass Ronny und ich ebenfalls räumlich voneinander getrennt sind. Das versetzt mir einen Stich ins Herz.

»Das mag sein«, unterbricht Chris meinen Gedankengang. »Wir sind uns derzeit nicht sonderlich einig.«

»Wieso?«, will ich wissen und helfe Chris dabei, die Gewichte umzuverteilen.

»Das ist eine lange Geschichte. Da muss ich weit ausholen«, ächzt er und stemmt die nächste Ladung.

»Ich habe Zeit«, gebe ich ihm zu verstehen, außerdem bin ich neugierig.

Ich warte, bis er wieder einigermaßen atmen kann.

»Pia und ich kennen uns seit über zehn Jahren. Wir haben uns in der Schule kennen und lieben gelernt. In der Oberstufe haben wir uns gemeinsam dazu entschieden, uns für ein Lehramtsstudium zu bewerben. Wir wurden angenommen und waren sehr glücklich, haben sogar dieselben Fächer, sodass wir anfangs Seminare gemeinsam besuchen konnten. Irgendwie ist das jedoch nicht so mein Ding.«

»Du willst gar nicht Lehrer werden«, stelle ich trocken fest und betrachte seine nachdenkliche Miene.

»Nein, das ist so nicht richtig ...«, antwortet er zögerlich. »Oder vielleicht hast du ja recht. Ich weiß es ehrlich gesagt nicht.« Er überlegt, ehe er weiterspricht. »Pia ist im Studium total aufgegangen und hat es in der Regelstudienzeit abgeschlossen. Danach hat sie das Referendariat absolviert und jetzt ist sie Lehrerin, während ich noch nicht mal das erste Staatsexamen habe.«

»Das ist krass«, kommentiere ich.

»Und nun macht sie mir Vorwürfe. Sie meint, ich kriege mein Leben nicht auf die Reihe. Deshalb haben wir uns ständig gestritten. Schlussendlich bin ich deswegen zu euch in die WG gezogen.«

»Und was hast du jetzt vor?«

»Keine Ahnung.«

Betretenes Schweigen breitet sich aus, während Chris nur noch auf der Liege ins Leere starrt. Irgendwie habe ich das Bedürfnis, etwas zu sagen:

»Bei mir läuft es auch nicht gerade rund. Mein Freund ist in Amerika, während ich hier versauere.« So auf den Punkt habe ich es bisher bei keinem meiner Mitbewohner gebracht. Chris dürfte es im Gegenteil zu den anderen jedoch verstehen.

»Ehrlich?«, hakt Chris nach und blickt mich an. Ich nicke.

»Er fährt mit dem Motorrad über die Route 66. Das war sein Lebenstraum. Eigentlich sollte ich mit, aber bei mir hat es nicht geklappt. Nun warte ich auf ihn.«

»Das ist auch nicht schön«, meint er, steht auf und klopft mir freundschaftlich gegen die Schulter. »Auf irgendeine Art und Weise sind wir beide von unserer Liebe getrennt.« Als er das sagt, strahlt er mich mit seinen perlweißen Zähnen aufmunternd an.

Ich muss zugeben, dass Chris ziemlich attraktiv ist. Ich stehe ja normalerweise eher auf dunklere Typen, doch trotz der blonden Haare ist er ziemlich männlich. Das mag ich. Aber er ist hetero. Allein diese Tatsache lässt ihn wohl maskulin wirken.

Es tut gut, mal mit jemanden über meine Situation zu reden. Wir entdecken einige Parallelen zueinander. Auf irgendeine Weise wollen wir unserer Liebe näher sein. Ich habe wenigstens das Glück, dass zwischen Ronny und mir kein Streit herrscht. Andererseits hat Chris das Glück, seine Pia noch heute zu sehen, wenn er will. Ich muss einige Monate warten.
Ronny, wann kommst du nur zurück?

Miguel

Ich bekomme einen Schreck. Das darf doch nicht wahr sein! So nicht! Ich bin entsetzt.

»Was hast du denn da an?«, frage ich Sven entgeistert.

»Wieso?«, fragt er verwirrt. Dabei steht er da mit Anzug und Krawatte vor mir. Er ist der geborene Albtraum in feinem Zwirn.

»Wir gehen doch zu keiner Beerdigung«, bringe ich heraus. »So kannst du nicht mitkommen.«

»Was hast du denn gegen mein Outfit? Außerdem ist der Anzug dunkelblau und nicht schwarz.«

»Das macht es auch nicht besser. Wir gehen auf eine House-Party und nicht zum Festival der Volksmusik.«, knurre ich und schüttle heftig den Kopf.

Sven tut sichtlich beleidigt. Ich laufe an ihm vorbei und gehe an seinen Kleiderschrank.

»Du hast doch dieses coole T-Shirt mit dem Totenkopf und Strasssteinchen«, erinnere ich ihn.

»Das hat mir Bastian zum Geburtstag geschenkt, weil er denkt, dass Schwule so was tragen.«

»Womit er nicht unrecht hat«, entgegne ich meinem Mitbewohner und setze ein fröhliches Grinsen auf. »Außerdem steht es dir. Es betont deine braunen Augen.«

Ich krame das Shirt aus dem Schrank, währenddessen knöpft Sven sein Hemd auf. Ich finde noch eine durchlöcherte Jeans, die perfekt zum Rest passt. Das kann er tragen.

Als er das Outfit, das ich ihm zusammengestellt habe, anzieht, fällt mir auf, dass ihm all seine Klamotten viel zu groß sind.

»Hast du abgenommen?«, frage ich. »Auch das kannst du auf keinen Fall tragen. Ich leihe dir was von mir.«

Ich renne rüber in mein Zimmer und finde ein neonpinkes Shirt und eine Skinny-Jeans, die ich ihm sofort überreiche.

»Das müsste passen«, kündige ich an und tatsächlich behalte ich recht.

Er sieht super aus. Zwar liegen seine Haare platt und glatt wie immer auf seinem Schädel, aber das Styling stimmt.

»Darf ich dir auch die Haare machen?«, frage ich hoffnungsvoll.

»Auf keinen Fall«, entgegnet er mir forsch. »Die bleiben so.«

Ich seufze, gebe allerdings klein bei. Schließlich bin ich überhaupt froh, dass er mitkommt. Schade, dass Tom und Chris nicht da sind. Vielleicht wären sie auch froh um eine Ablenkung. Wäre cool gewesen, mal mit der ganzen WG auszugehen. Und noch besser wäre es gewesen, wenn ich alle ankleiden dürfte.

Jedenfalls stimmen die Klamotten von Sven jetzt. Darauf müssen wir einen trinken. Ich gehe in die Küche und hole eine Flasche Prosecco aus dem Kühlschrank.

»Was machst du da?«, will Sven wissen.

»Vorglühen«, ist meine knappe Antwort. Ich köpfe die Flasche und kippe uns was in zwei Gläser. Wir prosten uns zu und trinken das erste Glas auf Ex.
Bis Viola uns abholt, ist die Flasche leer.

Sven

Was für eine geile Party! Viel zu lange habe ich nicht mehr dermaßen ausgelassen gefeiert. Bei den Jurastudenten geht es meist nur um die Leistung. Ich habe mich in der letzten Zeit zu oft nur um meine Noten gekümmert. Heute wird mal getanzt.

Der Club ist nicht sehr groß, aber rappelvoll. Ständig rempelt mich jemand an. Aber egal, Hauptsache wir haben Spaß.

»Hier scheinen aber viele Schwule zu sein«, brülle ich Viola ins Ohr.

»Das hier ist die Studentenparty der Kunst- und Designstudenten. Darunter sind nun einmal viele Schwule«, erwidert sie. Ich grinse.

Wir tanzen weiter. Miguel ist überall und nirgendwo, aber alle paar Minuten bringt er mir einen anderen Drink. Ich komme damit gar nicht hinterher. Schließlich sehe ich, wie sich Viola eine Pille einschmeißt. Ich guck sie verdutzt an.

»Willst du auch eine?«, fragt sie mich doch glatt.

»Nein, danke«, lehne ich ab. Ich will mir die Birne mit so einem Chemiezeugs nicht wegballern. Das fehlt mir gerade noch.

Jetzt wirkt sie hyperaktiv, geht völlig ab. Ein Afroamerikaner tanzt sie von hinten an und die Rothaarige geht darauf ein. Jetzt dreht sie sich um und die beiden tanzen eng umschlungen.

Mir wird schlecht, allerdings nicht von dem Anblick. Ich habe wieder dieses Ziehen im Magen. Ich kämpfe mich vorbei an den Leuten und verschwinde auf die Toilette. Habe ich noch eine Magentablette dabei? Ich krame in meiner Hosentasche, doch da ist nichts zu finden. Vielleicht im Portemonnaie? Tatsächlich finde ich eine. Ich schlucke sie und hoffe inständig, dass sie schnell wirkt.

Da ich noch nicht unter Leute will, stelle ich mich ans Waschbecken. Ich bin total verschwitzt. Kein Wunder, denn ich habe ja auch getanzt wie ein Wilder. Plötzlich kommt jemand von der Seite auf mich zu:

»Geile Party, nicht?«

Groß, schlank, pinke Strähnen im Haar. Definitiv schwul.

»Ja«, antworte ich schüchtern.

»Magst du noch was trinken?«

Ich nicke lächelnd. Die Tablette zeigt glücklicherweise Wirkung und so laufen wir zusammen zurück zur Bar. Er bestellt mir einen Mojito, sich selbst auch. Wir stoßen an und gucken uns dabei in die Augen. Süß ist er ja schon ... Was soll's! Heute habe ich Spaß!

Wir trinken aus und gehen zurück auf die Tanzfläche. Wir tanzen, was das Zeug hält. Dabei nähern wir uns an, bis wir nur noch eng umschlungen zur Musik abgehen.

Miguel oder Viola habe ich lange nicht mehr gesehen. Egal. Die beiden tauchen schon wieder auf.

»Wie heißt du?«, fragt er mich plötzlich.

»Sven. Und du?«, brülle ich zurück.

»Kai, aber meine Freunde nennen mich Lutscher.« Ich erfahre früh genug, dass er den Spitznamen nicht daher hat, weil er auf Süßigkeiten steht. Es ist eine wunderbare Nacht.

Chris

Semesterferien sind etwas Feines. Man hat morgens keinen nervigen Wecker, der einen aus dem Schlaf reißt, zudem ist das Bett in meinem neuen WG-Zimmer ganz gemütlich. Trotzdem muss ich mich erst wieder daran gewöhnen, allein zu schlafen. Wie sehr habe ich es geliebt, wenn sich Pia nachts an mich gekuschelt hat.

Was ich hier unbedingt anschaffen muss, ist eine Kaffeemaschine. Jetzt darf ich mich wieder mit Tee begnügen. Nun gut, besser als nichts.

Ich gehe in die Küche, da höre ich, dass die Wohnungstür aufgeschlossen wird. Miguel kommt herein.

»Hallo«, begrüße ich ihn.

»Hey«, antwortet er. Er sieht völlig fertig aus, verschwitzt und durcheinander, außerdem Augenringe bis zum Kinn.

»Bist du heute allein?«, frage ich. Scheinbar hat er seine rothaarige Freundin nicht mitgebracht.

»Sven hat jemanden kennengelernt und wird wohl bei ihm übernachten«, informiert er mich.

»Du warst also mit Sven feiern?«

»Ja«, bestätigt er. »Das hat er mal gebraucht. Und mich freut es, dass er mal wieder etwas Spaß hat.« Er zwinkert mir doppeldeutig zu.

Auch ich hätte gerne mal wieder Spaß. Mit Pia natürlich. Wie ich ihre seidenweiche Haut vermisse. Und ihren Geruch nach frischem Pfirsich. Ich fange an ins Träumen zu geraten. Ich stelle mir vor, wie wir ineinander verschlungen im Bett liegen und uns küssen. Sie beißt mir dabei leicht in die Unterlippe und ich knabbere danach an ihrem Ohrläppchen. Das mag sie am meisten.

»Wann feierst du eigentlich deinen Einstand hier?« Miguel holt mich aus meiner Gedankenwelt. Ich verstehe allerdings nicht, was er meint. Daher wiederholt er:

»Wann gibst du deine Einstandsparty hier? Dass du hier eingezogen bist, muss schließlich gefeiert werden.«

»Muss es das?«, hake ich nach und zweifle im Grunde schon daran.

»Ja, natürlich«, bestätigt er euphorisch.

»Ich habe eigentlich keine Lust darauf. Mir ist nicht nach Party zumute. Außerdem habe ich keinen Bock, mich darum zu kümmern.«

»Dann nehme ich das in die Hand«, schlägt mein Mitbewohner vor und mir schwant schlimmes. Ob das wirklich gut geht? »Ich kümmere mich um alles und du lädst lediglich deine Freunde ein. Ich bin der perfekte Organisator – jedenfalls, wenn es um Partys geht.«

Ich merke, dass er in seinem Element ist, denkt scheinbar immer nur an Partys. Ich feiere auch ab und zu gern, aber mein Einzug war kein freudiges Ereignis für mich. Es läutete schließlich eine Beziehungspause von Pia und mir ein. Das muss ich nicht auch noch feiern.

»Abgemacht?«, hakt Miguel nach.

Scheinbar kann ich ihn nicht davon abhalten, also sage ich am besten gar nichts dazu. Das interpretiert er sicherlich als Zustimmung. Soll er seine Party machen. Mir egal.

Tom

Oh wie ich mich freue. Ronny ist online. Ich muss ihn sofort anschreiben.

BikerTom: hallo schatz! wie geht es dir?

MotoRonny: hey du. mir geht es einfach fantastisch und dir?

BikerTom: ich vermisse dich so, ich weiß gar nicht, wie ich es ohne dich noch so lange aushalten kann.

MotoRonny: ich vermisse dich auch. aber du packst das schon.

BikerTom: du hast leicht reden. du hast auch die perfekte ablenkung. ich muss ständig an dich denken.

MotoRonny: dann lenk dich doch auch ab. dir wird bestimmt was einfallen. geh aus oder fahr mit deinem bike durch die gegend

BikerTom: das mache ich ja auch. ich war in einer bar. weißt du, was mir da passiert ist?

MotoRonny: was?

BikerTom: mich hat so ein typ angebaggert.

MotoRonny: hahaha

BikerTom: findest du das lustig?

MotoRonny: nein, eher süß.

BikerTom: heiß war er ja schon.

Ich warte auf eine Reaktion. Doch es scheint keine zu kommen. Es vergehen einige Sekunden. Warum sagt er nichts dazu? Ich hake nach:

```
BikerTom:    willst du nicht wissen, wie es
             weitergegangen ist?
MotoRonny:   doch, doch. erzähl weiter.
BikerTom:    er wollte mich küssen.
MotoRonny:   lol
BikerTom:    lol?
MotoRonny:   ja, ich muss lachen.
BikerTom:    bist du nicht eifersüchtig?
MotoRonny:   nein, wieso?
BikerTom:    vielleicht habe ich ihn ja geküsst.
MotoRonny:   hast du?
BikerTom:    natürlich nicht.
MotoRonny:   ok
```

Und nun? Er schreibt nur ein *ok* und jetzt kommt nichts
weiter. Eigentlich müsste er doch wenigstens ein
bisschen nachhaken. Macht es ihm keine Sorgen? Hat er
keine Angst, dass mich jemand verführt? Warum ist er
so passiv? Und jetzt schreibt er wieder nichts. Ich warte
einige Sekunden und von ihm kommt nichts mehr. Will
er nicht wissen, was ich so mache? Vielleicht sollte ich
ihn mal fragen, was er so treibt. Dann kann er erzählen,
was er erlebt. Er hat bestimmt viel zu erzählen.

```
BikerTom:    und was erlebst du so?
MotoRonny:   ach einiges. aber das erzähle ich
             dir mal in ruhe. ich muss jetzt los.
             bis dann.
BikerTom:    äh... ok...
MotoRonny:   cu
MotoRonny is offline.
```

Ich starre frustriert auf den Bildschirm. Checkt er denn
gar nicht, dass ich gerade verwirrt bin? Warum bricht er
unsere Unterhaltungen in letzter Zeit immer so abrupt

ab? Und dann nicht mal ein *Ich liebe dich* oder so etwas. Kann mir das einmal jemand erklären?

Äh... ok..., habe ich geschrieben. Da würde doch jeder normale Mensch nachhaken! Er geht jedoch einfach offline. Was soll das? Ich bin wütend und enttäuscht. Das kann es doch nicht sein ... Es ist fast so, als hätte er mich vergessen. Denkt er nicht manchmal auch an mich?

Ich würde am liebsten stundenlang mit ihm chatten, sodass ich ihm wenigstens virtuell ein kleines Bisschen näher bin. Er ist aber stets so kurz angebunden. Kaum schreiben wir miteinander, muss er schon wieder los.
Ich setze mich aufs Bett und schlage mit der Faust in mein Kissen. Es macht mich verrückt und ich weiß nicht, was ich davon halten soll. Gerade fühle ich mich so, als ob ich ihm den Kopf abreißen könnte. Dämlicher Idiot!

Miguel

Chris steht nackt an meinem Bett. Ich traue meinen Augen kaum. Sein Schwanz steht steil nach oben. Das müssen über 20cm sein. Er schaut mich lasziv grinsend an. Ich lade ihn in mein Bett ein und er kommt näher. Sein Schwanz steht direkt vor meinem Gesicht. Ich strecke die Zunge raus und lecke an der Eichel. Ein Lusttropfen bildet sich. Er schmeckt salzig, aber ich will noch mehr. Ich nehme den ganzen Penis in den Mund. Er stöhnt, während ich dabei seine Eier kraule. Ich merke, dass mein Schwanz auch hart wird. Er beugt sich über mich und nimmt meinen Pimmel in die Hand, wichst ihn mir. Mir wird ganz heiß.

Es klopft an der Tür und ich schaue auf. Da bemerke ich, dass es nur ein Traum war, aus dem ich unsanft herausgerissen wurde. Genervt rufe ich:

»Herein!«

Die Tür geht auf und Sven steht da.

»Hi, Miguel! Hast du noch geschlafen?«

Ich reibe mir den Schlaf aus den Augen und hoffe, dass das als Antwort reicht. Etwas genervt bin ich zudem, weil der Traum extrem geil war. Wieso muss er ausgerechnet jetzt in mein Zimmer reinplatzen?

»Ich wollte mich nur bei dir bedanken. Wegen gestern Nacht ... Es hat super viel Spaß gemacht.«

»Das war ersichtlich«, antworte ich ihm vielsagend und ringe mich doch zu einem schiefen Lächeln durch.

»Ja, der Typ war geil«, gibt er ein wenig schüchtern zu.

Nun will ich doch jede Einzelheit wissen.

»Erzähl«, fordere ich ihn auf und klopfe auf die Matratze, damit er sich zu mir setzt. Als er Platz nimmt, berichtet er mir alles:

»Wir waren bei ihm und hatten Sex. Mehrmals. Er hat einen richtig dicken Schwanz und kann echt gut damit umgehen. Die ganze Nacht haben wir es in allen möglichen Stellungen getrieben. Und er ist aktiv und passiv, sodass ich voll auf meine Kosten gekommen bin.«

»Das freut mich«, sage ich ehrlicherweise. Sven hat ein Glitzern in den Augen. »Aber ihr habt hoffentlich Kondome benutzt«, ermahne ich ihn lachend.

»Natürlich«, gab er gespielt entsetzt zurück. »Was hältst du von mir? Safer Sex ist mir sehr wichtig.«

»Sehr gut«, bestätige ich.

»Wir müssen das unbedingt wiederholen.«

Bingo! Jetzt kommt mein Einsatz. Ich nenne das perfektes Timing.

»Ich wüsste da auch schon was«, fange ich an. »Wir müssen unbedingt Chris' Einstand hier in der WG feiern.«

»Woran denkst du?«

»Eine WG-Party. Das hatten wir schon lange nicht mehr. Ich kümmere mich um alles. Es werden bestimmt einige geile Typen kommen.«

Einen Moment zögert Sven. Er denkt nach und starrt dabei Löcher in die Luft. Dann kommt jedoch das erlösende Wort:

»Einverstanden!«

Ich bin erleichtert und strahle. Somit wäre das auch geklärt. Wir machen eine Party ... und sie wird gigantisch!

Sven

Als ich aus Miguels Zimmer gehe, bin ich guter Dinge. Es war eine geile Nacht und meine Stimmung ist perfekt. Ich schlendere in mein Zimmer und schnappe mir das Handy, das am Akkuladegerät hängt. Ich tippe eine Nachricht:

Heute Nacht war schön. Wann sehen wir uns wieder?

Ich schicke sie ab. Auf dem Handy habe ich ihn nur als *Lutscher* gespeichert. Seinen richtigen Namen habe ich schon vergessen. Ist ja im Grunde auch egal. Aus solchen Abenden werden meist keine richtigen Beziehungen geboren. Ich schmeiße mich aufs Bett und starre an die Decke. Ich lasse alles noch einmal Revue passieren.

Blasen konnte er wirklich gut. Er hat den Trick definitiv raus, umspielt die Eichel mit der Zunge, während er am Pimmel saugt. Bei dem Gedanken bekomme ich gleich wieder einen Steifen. Ich öffne meine Hose und streife sie nach unten. Ich packe meinen Schwanz und ziehe die Vorhaut langsam zurück, dann wieder vor und erneut zurück. Ich denke an Lutscher und wiederhole meine Bewegung immer schneller.

Mist! Ich brauche schnell ein Taschentuch, bevor ich wieder komme. Ich schaue mich in meinem Zimmer um. Auf dem Nachttisch liegt nichts, auf meinem Schreibtisch drüben auch nicht. Also entweder unterbrechen und schnell ins Bad oder es darauf ankommen lassen. Ich entscheide mich fürs Zweite.

Ich wichse mit der einen Hand und ziehe mit der anderen mein T-Shirt nach oben. Dann kommt es mir und ich spritze auf meinen Bauch. Das tut gut.

Es kam nicht gerade wenig. Mein Bauch ist voller Sperma. Ich ziehe mir vorsichtig das Shirt über den Kopf, damit es sauber bleibt, stehe auf und schaue vorsichtig aus meiner Zimmertür. Keiner da. Also schnell ab ins Bad.

Gerade will ich die Badezimmertür aufreißen, da öffnet sie sich und Miguel rennt in mich hinein.

»Aaaahhh«, schreit er und streckt die Hände aus, um einen Zusammenstoß abzufedern. Natürlich greift er mir genau an den Bauch.

»Scheiße!«, rufe ich.

»Iiihhh... was ist das?« Ich grinse nur, außer Stande, etwas zu erwidern. Er schaut erst verdutzt, dann lacht er wie ein Irrer. »Du kleine Sau!«

Ich lächle weiterhin nur schief. Er dreht sich um und geht zurück ins Bad.

»Jetzt muss ich mir noch einmal die Hände waschen.«

Ich stelle mich neben ihn und wasche mir den Bauch ab. Sein Blick im Spiegel sagt im Grunde schon alles, doch dann öffnet Miguel den Mund.

»Na, musstest du wieder an deinen Lover denken?«, fragt er mich neckend.

»Du hast mich durchschaut«, gebe ich nur gespielt kleinlaut zurück. Ich finde es super, wie locker meine Mitbewohner sind. Gerade Miguel. Egal wie chaotisch er manchmal ist, so unkompliziert ist er auch.

Anschließend gehe ich zurück in mein Zimmer. Genau in diesem Augenblick gibt mein Handy einen Ton von sich. Ich habe eine Nachricht vom Lutscher:

Hey du! Sei mir nicht böse, aber lass es uns
    dabei belassen. LG Lutscher.

Das ist ein eindeutiger Korb. Gleich trübt sich meine Stimmung. Für ihn war es nur ein One-Night-Stand. Schade. Ich hätte mich gern noch einmal mit ihm getroffen.

Irgendwie deprimiert mich das nun doch ein bisschen. Ich zweifle an mir selbst. War ich so schlecht? Ich merke, wie ich wieder ein Ziehen in der Magengegend bekomme. Hoffentlich fängt es nicht wieder an, zu schmerzen. Bis jetzt war der Tag super. Das will ich mir nicht verderben lassen.

Sofort gehe ich an die Schublade am Schreibtisch und hole die Packung mit den Schmerztabletten raus. Lieber nehme ich eine prophylaktisch, bevor es schlimmer wird.

Chris

Schon komisch. Ich wohne jetzt mit drei schwulen Männern zusammen und niemand weiß es. Pia weiß lediglich, dass ich in eine WG gezogen bin. Meinen Freunden habe nicht mal das erzählt. Habe ich Angst, ihnen zu sagen, dass ich in eine Schwulen-WG gezogen bin? Oder will ich ihnen nur nichts von meinen Problemen mit Pia erzählen?

Ich glaube, das Zweite trifft eher zu. Mir doch egal, was die denken, wenn ich mit Schwulen zusammenwohne. Sollen die doch denken, dass ich es auch geworden bin. Nur Pia soll das nicht glauben. Am Ende denkt sie noch, ich habe das Ufer gewechselt und liebe sie nicht mehr. Das wäre eine Katastrophe.

Ich liege auf dem Bett, starre seitlich aus dem Fenster und habe diese dämlichen Gedanken. Stattdessen sollte ich etwas Vernünftiges tun. Vielleicht gehe ich nochmal ins Fitnessstudio. Ich könnte Tom fragen, ob er mitkommt.

Es klopft an der Tür, doch es wird nicht gewartet, bis ich antworte.

»Hallo, Chris!« Es ist Miguel. War ja klar. Von allen ist er wohl derjenige ohne Taktgefühl. »Ich wollte dir nur Bescheid geben, dass die Planung deiner Party im vollen Gange ist.«

Ich schaue ihn an und weiß nicht, wie ich reagieren soll. So sage ich nur:

»Danke!«

»Hast du denn schon deine Kumpels eingeladen?« Er merkt, dass ich zögere. »Nun?«, hakt er nach.

»Das mache ich noch«, verspreche ich halbherzig.

»Sehr gut«, lobt er. »Das wird fantastisch, sage ich dir. Es ist für alles gesorgt. Alkohol en masse, sodass jeder auf seine Kosten kommt.«

Er freut sich tatsächlich, aber ich kann mich irgendwie nicht dafür begeistern. Ich lächle, damit er ein gutes Gefühl hat.

»Dann lasse ich dich mal bei dem allein, was du gerade so gemacht hast«, sagt er und schaut sich um. Wahrscheinlich wundert er sich, weil ich angezogen auf dem Bett liege und die Decke anstarre. Keine Musik, nicht einmal ein Buch, in dem ich vielleicht gelesen habe. Er guckt auf meinen Schritt.

»Hey!«, ermahne ich ihn.

»Sorry«, grinst er. »Ich gehe dann mal.«

Miguel schließt die Tür hinter sich und lässt mich erneut mit meinen Gedanken allein. Wahrscheinlich wunderte er sich, dass ich nicht mal hier liege und mich selbst befriedige. Er kennt das wahrscheinlich gar nicht – einfach mal nichts tun, nur herumliegen. Der Typ ist immer am Machen und Tun. Hektischer Mensch.

Andererseits hat er recht. Ich sollte nicht so viel grübeln. Da kommt man nur auf komische Gedanken. Ich stehe auf und beschließe, in die Stadt zu fahren und ein paar Freunde zu treffen. Was essen vielleicht. Ich brauche diese Ablenkung, denn ich will nicht immer nur an sie denken. Nicht heute.

Tom

»So ein Mist!«, regt sich mein Chef in der Autowerkstatt auf. »Jetzt fehlt mir ein einziges blödes Teil, weshalb ich hier nicht weitermachen kann. Ich muss mal eben los und es besorgen. Kommst du kurz allein klar?«

Ich nicke und strecke ihm den Daumen entgegen. Mein Chef traut mir das zu, obwohl ich nur eine Aushilfe bin. Schon seit der Schulzeit arbeite ich hier. Es macht mir Spaß, zumal wir nicht nur Autos, sondern auch Motorräder reparieren. Und ich liebe es, an Bikes herumzuschrauben. Genau wie Ronny.

Mein Chef steigt ins Auto und fährt weg. Ich bin allein und laufe rüber zum Waschbecken, will die Ölflecken ein wenig abwaschen. Ich gucke in den Spiegel und sehe, dass ich sogar im Gesicht verschmiert bin, was mich zum Grinsen bringt. Warum, weiß ich eigentlich gar nicht. Da höre ich Motorengeräusche einer mir bekannten Maschine. Ich drehe mich um und sehe genau das gleiche Motorradmodell, das Ronny fährt. Es rollt auf den Hof. Ich denke, mein Herz setzt aus. Das kann doch nicht wahr sein!

Das Motorrad verstummt und der Fahrer steigt vom Bike. Er ist groß, breitschultrig und trägt einen schwarzen Motorradanzug. Es könnte Ronny sein. Er hat dieselbe Statur. Aber ist das möglich? Der Helm ist nicht der richtige, außer ... Er kann sich ja in Amerika einen neuen Helm gekauft haben.

Ich bin überwältigt. Das muss Ronny sein. Plötzlich überkommt mich eine Welle der Freude. Ich trockne mir schnell die Hände und renne zu ihm. Ronny will gerade den Helm abnehmen, hält jedoch inne, als er mich sieht.

»Hallo«, rufe ich hocherfreut. Mein Herz rast und ich fühle mich, als ob ich frisch verliebt wäre. Ich stürme auf ihn zu und umarme ihn. Ich drücke ihn, so fest ich kann.

»Wie ich dich vermisst habe«, sage ich. Doch die Umarmung wird nicht erwidert.

»Wie bitte?«, höre ich eine dunkle und rauchige Stimme. Das ist nicht Ronnys Stimme. Ich schrecke zurück.

»Ronny?«, frage ich und warte darauf, dass er den Helm abnimmt. Das tut er auch und ein Mann mit langen Haaren, einer Hakennase, schiefen Zähnen und Vollbart schaut mich entgeistert an. Dann fragt er:

»Kennen wir uns?«

Ich fühle, wie mein Gesicht heiß wird. Peinlich berührt greife ich mir mit der rechten Hand an den Hinterkopf.

»Entschuldigen Sie bitte«, murmele ich. »Ich habe Sie verwechselt.«

»Bist du 'ne Schwulette?«, fragt er mich provokant.

In Motorradgangs sind Schwule nicht gerade beliebt. Der Typ sieht aus, als sei er aus einer solchen Gang. Ich versuche, professionell zu bleiben. Er ist ein Kunde wie jeder andere, rede ich mir ein, frage ihn höflich, was ich für ihn tun kann. Hoffentlich ist mein Chef gleich wieder da.

Miguel

Viola ist da und sie hilft mir bei der Planung für die Party. Wir stellen eine Liste mit Getränken und Snacks auf, die wir brauchen.

»Wie viele Leute kommen denn?«, fragt sie.

»Ich weiß es nicht genau«, antworte ich wahrheitsgemäß. »Ich habe so ungefähr zwanzig Leute eingeladen. Aber Tom, Sven und vor allem Chris laden auch welche ein.

»Was?«, ruft sie entsetzt aus. »Wie sollen die denn alle hier in die Wohnung passen?«

»Also ich gehe zunächst einmal davon aus, dass über die Hälfte der eingeladenen Leute eh nicht kommt. Du kennst das doch. Du lädst 100 Personen ein und kannst froh sein, wenn 20 davon dann kommen.«

»Stimmt auch wieder«, gibt sie zu.

»Und selbst wenn viele kommen, werden sie schon hier in die Wohnung passen. Es ist eine Fünfzimmerwohnung mit großer Wohnküche. Wenn es eng wird, ist es umso besser.« Ich zwinkere ihr doppeldeutig zu und sie muss lachen. Ich stimme mit ein.

Plötzlich fragt sie:

»Hast du vielleicht was da?«

Ich weiß ganz genau, was sie meint und nicke grinsend. Sie klatscht in die Hände. Ich greife unter meine Matratze und hole ein Plastikbeutelchen hervor.

»Geil!«

Zwar ist es nicht mehr viel, aber zum Glück reicht es noch für uns beide.

»Komm her!«, fordere ich sie auf. Ich kippe das weiße Pulver auf den Schreibtisch, schnappe mir danach mein Portemonnaie und hole meine Bankkarte heraus. Damit verteile ich das Koks gleichmäßig an Viola und mich. Anschließend nehme ich mir einen Geldschein aus der Börse und rolle ihn auf. Abwechselnd ziehen wir uns die Line durch die Nase.

Sofort packt mich ein unbeschreibliches Gefühl. Alles ist gut! Ich schwebe auf Wolke sieben. Viola muss es genauso ergehen, denn sie streckt beide Arme von sich und tut so, als würde sie durchs Zimmer schweben. Wir tanzen, obwohl keine Musik läuft. Die Welt ist wunderbar und es könnte immer so bleiben.

»Sag mal, ist dein neuer Mitbewohner eigentlich da?«, möchte Viola spontan wissen.

»Ich weiß es nicht«, entgegne ich. »Vorhin war er noch da. Wollen wir mal nachschauen?« Ich grinse sie vielsagend an. Sie nickt kokett.

Wir laufen über den Flur und klopfen an die Zimmertür von Chris. Es kommt jedoch keine Antwort. Ich öffne die Tür einen Spalt und schaue rein, doch das Zimmer ist leer. Viola drängt sich an mir vorbei und stürmt ins Zimmer.

»Hey!«, ermahne ich sie. »Er ist nicht da.«

»Schade«, sagt sie enttäuscht. »Ich hätte ihn jetzt gerne mal was gefragt.«

»Was denn?«, will ich unbedingt wissen. »Wahrscheinlich was Versautes«, vermute ich.

»Ach quatsch«, streitet sie ab. »Ich wollte nur wissen, ob er meine Brüste schön findet.« Dabei greift sie sich selbst an die Möpse, was mich auflachen lässt.

Plötzlich fällt ihr Blick auf seinen Laptop. Ich bemerke das und gucke sie fragend an.

»Lass uns mal schauen, was er für Bilder auf dem PC hat.«

»Das können wir doch nicht ...«. Bevor ich den Satz ausgesprochen habe, öffnet sie bereits den Laptop. Ich schließe schnell die Zimmertür und stelle mich hinter Viola. »Der ist doch bestimmt passwortgeschützt.«

»Nein«, sagt sie und tatsächlich öffnet sich der Desktop.

Ich habe ein schlechtes Gewissen, bin aber total neugierig. Sie klickt seine Bildergalerie an und da sind lauter Bilder von ihm und einer Frau.

»Wer ist das?«, will Viola wissen.

»Das muss seine Freundin oder Ex-Freundin sein.«

»Na ja«, kommentiert sie, »ich bin viel hübscher als die.«

»Hässlich ist sie aber auch nicht«, muss ich zugeben. Viola schaut mich böse an.

Sie scrollt weiter durch die Bilder und da sehen wir Fotos von einem Strandurlaub. Auf jedem Zweiten ist Chris halbnackt, nur in Badeshorts zu sehen.

»Mach mal größer!«, fordere ich sie auf.

Sie klickt ein Bild an, auf dem er sich an eine Palme lehnt. Sein blondes Haar schimmert seidig im Sonnenlicht. Die muskulösen Oberarme und seine männliche Brust sind braungebrannt, der flache Bauch deutet einen Sixpack an.

»Heiß«, kommentiert meine beste Freundin.

»Und wie«, bestätige ich.

Ich beiße mir auf die Oberlippe, versuche, mir das Bild in mein Gehirn zu brennen. Außerdem merke ich, wie es mir plötzlich zu eng in der Hose wird. Damit nicht noch was Schlimmeres passiert, fordere ich Viola auf, den Laptop zu schließen und wieder zurück in mein Zimmer zu gehen.

»Spielverderber«, betitelt sie mich.

»Uns könnte hier jemand erwischen, wenn nicht sogar Chris selbst«, bemühe ich mich, eine Ausrede zu finden. Viola durchschaut mich, folgt mir aber trotzdem.

An das Foto werde ich heute Nacht allerdings noch mal denken müssen.

Sven

Was ist denn heute los? Schon zum hundertsten Mal muss ich auf die Toilette. Ich habe wohl einen Magen-Darm-Virus. Total unangenehm! Ich sollte gleich mal einen Termin bei meinem Hausarzt machen. Das ist einer der Momente, in denen ich es bereue, in einer Wohngemeinschaft zu leben. So was kriegen ja die Mitbewohner mit. Mir ist das unheimlich peinlich.

Bei heterosexuellen Männern wäre das wahrscheinlich gar kein Problem. Die furzen sowieso um die Wette. Obwohl Chris ja nicht so zu sein scheint. Er ist ein ganz gepflegter Kerl. Metrosexuell sagt man da ja. Oder ist das wieder out?

Aua! Auf jeden Fall tut mir langsam nicht nur der Magen weh, sondern auch das Arschloch. Ich brauche auf jeden Fall weicheres Toilettenpapier.

Ich gehe in mein Zimmer zurück, wo ich mich mit einer Wärmflasche ins Bett lege. Ich schnappe mir das Handy und rufe meinen Hausarzt an. Ein Termin ist schnell gemacht.

Was sind das bloß für Krämpfe? Soll ich noch eine Tablette nehmen? Ich weiß ja nicht, ob das so gesund ist. In letzter Zeit esse ich die ja wie Bonbons. Und ich habe tatsächlich schon wieder abgenommen. Ich kämpfe mich nochmal aus dem Bett, habe nur eine Shorts und ein T-Shirt an. Beides schlabbert nur so an meinem Körper. Man könnte fast meinen, ich hätte Magersucht. Ich sehe total verhungert aus und meine Hautfarbe macht ebenfalls keinen gesunden Eindruck. Miguel würde jetzt sagen, ich habe den Edward-Cullen-Vampir-Look. In dessen Augen bräuchte ich wohl nur ein paar Skinny-Jeans und ich sehe perfekt aus.

Ich greife mir an den Bauch. Vor ein paar Wochen konnte ich mir noch eine kleine Speckfalte abzwicken, jetzt kriege ich die Haut kaum zu fassen. Alles flach. Wenigstens sieht man jetzt meine Bauchmuskeln ein bisschen. Man könnte fast meinen, ein kleiner Sixpack schimmert durch. Ist aber wohl eher ein *Fourpack*.

Meine Oberarme sind auch schmaler geworden. Vielleicht muss ich mal wieder trainieren gehen, damit sie breiter werden. Eigentlich war mein Bruder Bastian immer der etwas schmalere von uns beiden. Nun habe ich ihn abgehängt. Meine Wangenknochen sind mittlerweile markanter als seine.

Vielleicht sollte ich das Positive daraus ziehen. Andere müssen eine anstrengende Diät machen. Bei mir passiert das ganz automatisch.

Autsch! Wieder ein Krampf. Ich muss auf die Toilette. Ganz schnell!

Chris

Schon länger nichts von Pia gehört. Warum meldet sie sich nicht mal? Ist es nun wirklich aus zwischen uns? Ich vermisse sie echt und beschließe deshalb, sie anzurufen. Als ich die Nummer wähle, klingelt es. Geh schon ran!

»Hallo?«, höre ich ihre Stimme. Ich bin froh, dass sie mich nicht weggedrückt hat.

»Hi, Pia. Ich bin es, Chris.«

»Ja, das habe ich gesehen.« Ihre Stimme klingt reserviert. Das versetzt mir einen Hieb in die Magengegend.

»Ich wollte mal hören, wie es dir geht.«

»Ganz gut«, antwortet sie kurz angebunden. Ich seufze.

»Soll das jetzt immer so gehen?«, frage ich sie geradeheraus.

»Was meinst du?«

»Dass wir so kühl miteinander umgehen.« Eigentlich meine ich, dass sie mir so kühl gegenübertritt.

»Du bist derjenige, der ausgezogen ist«, wirft sie mir vor.

»Aber doch nur, weil du nicht mehr mit mir klargekommen bist«, entgegne ich und seufze.

»Ich konnte nicht ertragen, wie du unsere gemeinsame Zukunft wegwirfst. Alles war in Ordnung, bis du meintest, dass du mit dem Studium unzufrieden bist.«

»Kannst du mich nicht wenigsten etwas verstehen?«

»Wir wollten beide Lehrer werden. Und jetzt fällt dir mit 27 ein, dass du das Studium abbrechen willst und du verlangst, dass ich dich verstehe? Ich habe das

Studium durchgezogen und bin Lehrerin. Du hast nicht einmal das erste Staatsexamen und denkst darüber nach, abzubrechen. Und was willst du stattdessen machen? Das weißt du nicht ... Chris, überleg mal, was du mir da antust!« Sie ist mal wieder sehr vorwurfsvoll und wütend, das höre ich nur zu gut. Ich weiß gar nicht, was ich dazu sagen soll.

»Pia ...«, flüstere ich in den Hörer, »der Lehrberuf ist einfach nicht mein Ding. Ich habe schon lange mit dem Gedanken gespielt, das Studium abzubrechen, aber mich nicht getraut, es dir zu sagen. Deswegen schiebe ich das Studium so vor mir her.«

»Jetzt hör mal zu, Chris!«, brüllt sie voller Wut. »Ich kann es nicht mehr hören! Du bist 27 Jahre alt. Du musst langsam mal Verantwortung übernehmen. Es geht nicht darum, ob du ein Videospiel abbrichst und dir dafür ein neues kaufst. Es handelt sich dabei um deine Zukunft! Um unsere Zukunft. Ich will schließlich irgendwann eine Familie gründen. Sollen unsere Kinder einmal sagen, dass ihr Vater von Beruf her Langzeitstudent ist, der von den Großeltern finanziell unterstützt wird?«

»Nein«, versuche ich, sie zu unterbrechen.

»Dann werde endlich vernünftig und nimm dein Studium wieder ernsthaft auf.«

Nach diesem Satz legt sie auf.

Enttäuscht werfe ich mein Smartphone auf den Tisch. So hatte ich mir das nicht vorgestellt. Es war wie immer in der letzten Zeit. Was habe ich nur gemacht? Vielleicht hätte ich das Studium doch durchziehen sollen. Dann wäre sie glücklich und wir wären noch zusammen.

Aber ich bin so unzufrieden mit meinem Studienfach. Ich will kein Lehrer werden. Im Innern wusste ich das schon immer, hatte aber die rosarote Brille auf und habe Pia einfach nach dem Mund geredet. Es war ihr Traum, Lehrerin zu werden. Deshalb hat sie stets davon geschwärmt und ich habe einfach mitgemacht. Ich erinnere mich noch, als sie kurz vor dem Abitur davon sprach:

»Wäre es nicht super, wenn wir beide das gleiche Fach studierten? Dann könnten wir gemeinsam die Vorlesungen besuchen und in der Mensa essen gehen. Und wir könnten zusammen lernen.«

»Ja«, sagte ich damals. »Das klingt super. Ich bin dabei.«

Und so schrieben wir uns für das Lehramtsstudium ein. Was für ein Fehler! Und etwa sieben Jahre später versuche ich, aus dieser Nummer herauszukommen. Vierzehn Semester! Ein Wunder, dass das meine Eltern mitmachen.

Aber eine Alternative habe ich momentan noch nicht. Verflixt!

Tom

Mir ist die Sache, die in der Werkstatt geschehen ist, immer noch peinlich. Wie konnte mir das passieren? Wahrscheinlich liegt es daran, dass ich ständig an Ronny denke. Ich bin fast schon paranoid.

Das darf ich Ronny bloß nicht erzählen. Was würde er denken? Während ich hier sitze und wie ein altes Hausmütterchen auf ihn warte, traurig neben dem Laptop, weil ich hoffe, dass er online ist und mit mir für ein paar Sekunden chattet, lacht er sich vermutlich einen ab und cruist mit dem Motorrad durch Amerika. Was für ein Narr ich doch bin!

Ich nehme mir ein kaltes Bier aus dem Kühlschrank und setze mich damit an den Tisch. Ich bin echt deprimiert. Chris kommt herein und seufzt ebenfalls.

»Was ein Tag!« Ich gucke ihn an und er schüttelt den Kopf. »Ich habe gerade mit Pia telefoniert. Das endete wieder einmal in einer Katastrophe.«

Ich weiß nicht, was ich dazu sagen kann. Ehrlich gesagt interessiert es mich gerade auch nicht, denn ich habe meine eigenen Probleme. Mein neuer Mitbewohner quatscht jedoch ungefragt weiter:

»Sie versteht nicht, dass ich das Studium abbrechen will. Für sie war das unser gemeinsames Ding.«

»Es ist ja auch ziemlich egoistisch von dir, sie so im Stich zu lassen«, gebe ich bissig zurück. Er schaut erschrocken.

»Wie bitte?«

»Du bist nicht allein auf der Welt! Denke auch mal ein bisschen an sie. Vielleicht sitzt sie Zuhause allein herum und wartet auf dich, während du deinen Hirngespinsten nachgehst.« Ich bin so richtig in Fahrt, schmeiße ihm alles an den Kopf, was mir so einfällt. »Manchmal muss man sich selbst ein bisschen zurücknehmen und auf den Partner eingehen. Man kann nicht immer die Egoschiene fahren! In einer Beziehung muss man aufeinander eingehen.«

»Ich verstehe nur Bahnhof.« Er guckt mich total verwirrt an.

»Denk mal darüber nach«, sage ich noch, bevor ich die Bierflasche schnappe und in meinem Zimmer verschwinde.

Erst da fällt mir auf, was gerade passiert ist. Eigentlich habe ich nur meinen Frust bei ihm abgeladen. Die Worte waren im Grunde an Ronny gerichtet und nicht an ihn. Ich bin derjenige, der sich von seinem Freund im Stich gelassen fühlt und der arme Chris hat das jetzt abbekommen. Es tut mir leid, aber es musste einfach raus. Ich hatte keine andere Wahl, als mir mal Luft zu machen.

Hoffentlich nimmt er sich meine Worte nicht zu sehr zu Herzen. Ich nehme mir vor, später noch mal mit ihm zu reden und alles zu erklären. Jetzt muss ich erst mal selbst runterkommen.

Miguel

»Was ist denn mit dem los?«, meckert Chris, als ich nichtsahnend in die Küche komme. Ich fühle irgendwie *bad vibrations* und hake nach:

»Von wem redest du?«

»Von Tom. Er hat mich gerade ziemlich angegangen. Dem ist wohl eine Laus über die Leber gelaufen. Ist er immer so launisch? Letztens haben wir uns im Fitnessstudio doch noch so gut verstanden.«

»Ach«, wehre ich leichthin ab, »er vermisst seinen Ronny und da hat er manchmal so miese Laune. Mach dir nichts draus. Freue dich lieber auf deine Party. Sie kann am Freitag steigen.«

Ich hoffe, dass ich ihn mit dieser Nachricht ein bisschen aufmuntern kann, doch er reagiert gar nicht.

»Und?«, frage ich erwartungsvoll.

»Super«, gibt er gelangweilt zurück.

»Sei jetzt keine Spaßbremse! Ich möchte gut gelaunte Leute auf der Party und keine Trauerklöße.«

Vielleicht sollte ich ihm einen meiner Stimmungsaufheller anbieten? Und Tom gleich mit. Ne, lieber doch nicht, sonst rasten sie womöglich noch aus.

»Ist ja schon gut«, entgegnet mir Chris. »Aber erst bekomme ich eine Standpauke von Pia und dann kommt Tom mir noch schief. Haben sich denn alle gegen mich verschworen?«

Ich setze mich neben ihn an den Tisch und werfe den Arm um seine Schulter. Ich lächle ihn aufmunternd an.

»Jetzt nimm das doch alles nicht so persönlich! Manchmal gibt es schlechte Phasen im Leben und am Freitag steht wieder eine gute an. Das verspreche ich dir.«

Ich grinse mit hoher Erwartung und er lächelt endlich zurück. Zwar noch recht schwach, aber immerhin. Dann boxe ich ihm auf den Oberarm und sage:

»Siehst du, halb so wild. Aber sag mal, hast du deinen Freunden schon Bescheid gegeben?«

»Ja, ja«, antwortet er schneller als erwartet. »Alles schon erledigt.«

Er grinst übertrieben gespielt. Wahrscheinlich hat er noch niemanden eingeladen. Alles muss man selbst in die Hand nehmen! Leider kenne ich noch keinen seiner Kumpels. Zu blöd ...

Sven

Als ich in den Behandlungsraum des Arztes komme, sehe ich ihn hinter seinem großen Schreibtisch. Ich mag Doktor Martins. Er ist halber Afrikaner und hat eine wunderschöne dunkle Haut. Er ist ein großer, breitschultriger Mann mit starken Armen. Seine Glatze glänzt immer so schön und durch die dunkle Haut sehen seine Zähne noch weißer aus. Er ist zwar bestimmt mehr als zehn Jahre älter als ich, aber ich finde ihn trotzdem unheimlich attraktiv. Vielleicht habe ich zu viele Pornos geschaut, in denen junge Männer von älteren Ärzten verführt wurden.

»Was fehlt Ihnen denn?«, fragt er mit einem freundlichen Lächeln.

Ich erkläre ihm meine Symptome. Dr. Martins bittet mich, meinen Oberkörper freizumachen und mich auf die Liege zu legen. Irgendwie pocht mein Herz. Dann tastet er meinen Bauch ab. Meine Güte, hat er weiche Hände. Ich bekomme Gänsehaut. Er fragt mich, ob es irgendwo schmerzt, aber selbst wenn es gerade schmerzen würde, spüre ich nichts. Ich bin völlig von diesen funkelnden Augen abgelenkt. Er tastet immer weiter nach unten bis zum Unterbauch. Ich spüre, dass sich etwas in meiner Hose regt. Oh nein, ich werde doch wohl nicht einen ...

Oh doch, das werde ich. Ich kann es nicht aufhalten. Plötzlich zeichnet sich eine gehörige Beule ab, was Doktor Martins überrascht feststellt. Er zieht die Augenbrauen nach oben, als er von meinem Schritt zu mir ins Gesicht blickt. Ich grinse lediglich ein bisschen peinlich berührt.

»Ich glaube, Sie haben einen Magen-Darm-Infekt, denn ich kann erst mal nichts anderes feststellen. Ich verordne Ihnen leichte Kost und würde am Freitagabend nochmal einen Hausbesuch bei Ihnen machen.«

Ich bin schockiert.

»Aber nur, wenn das in Ordnung für Sie ist.« Er schaut mich verführerisch an. Ist das jetzt eine Anmache? Ich bin sprachlos. Was mache ich jetzt?

»Und?«, hakt er nach. »Darf ich am Freitag nach Ihnen sehen?«

»Äh ... äh ...«, stottere ich, »sehr gern sogar.«

Als ich die Praxis verlasse, stehe ich nach wie vor unter Schock. Hat mein Arzt eben echt mit mir geflirtet und sich selbst eingeladen? Ich bin absolut baff, freue mich jedoch total. Er ist heiß und ich bin Single. Das ist die perfekte Kombination. Ich freue mich irgendwie auf Freitagabend.

Da fällt mir ein, dass da die WG-Party stattfindet. Aber das ist ja auch nicht schlimm. Dann feiert Doktor Martins einfach mit.

Chris

Die Party kann also steigen. Jedenfalls Miguels Meinung nach. In der Küche sind Chips und andere Knabbereien vorbereitet. Im Bad ist die Wanne voller Eiswasser, damit das Bier und der Wodka kühl bleiben. Im Wohnzimmer scheint die Musikanlage ebenfalls startklar zu sein. Ich habe aber keinen Bock. Miguel ist allerdings hochmotiviert. Seine beste Freundin Viola ist auch schon da und zieht ihren Lippenstift im Bad nach.

»Guck nicht wie ein Trauerkloß«, sagt Miguel zu mir, nachdem er in mein Zimmer gestürmt ist. »Jeden Moment sind die Gäste da und du hockst hier in deinem Zimmer. Komm mit raus ins Wohnzimmer. Ich bringe dir was zu trinken.«

»Gleich«, gebe ich weniger enthusiastisch zurück. Miguel schaut mich streng an. Ich grinse halbherzig, denn ich weiß ja, dass ich bereits verloren habe. Miguel wird nicht locker lassen. Er kommt zu mir rüber und umarmt mich.

»Das wird eine klasse Party«, haucht er mir ins Ohr.

»Na du?«, höre ich plötzlich Viola. Sie steht nun auch im Zimmer, kommt ebenfalls an meine Seite. Ich fühle mich so in der Mitte zwischen den beiden ein bisschen bedrängt. Viola stützt sich an meiner rechten Schulter ab und grinst. Ich gucke sie an.

»Bist du bereit für diese geile Nacht?«, fragt sie, streicht mir dabei über die Brust und über den Bauch. Das gefällt mir nicht wirklich.

»Jetzt bedränge ihn nicht so«, ermahnt Miguel sie und nimmt ihre Hand von meinem Körper. Dann streicht er mir das T-Shirt wieder glatt und lächelt mich an. Was soll ich machen? Ich versuche, etwas krampfhaft zurückzulächeln.

Dann klingelt es.

»Das müssen die ersten Gäste sein«, sagt er und strahlt. Ich habe den Vergleich von einem Kind im Kopf, das zu Weihnachten das erste Geschenk öffnen darf.

»Ich mach´ schon auf«, sage ich und gehe zur Tür.

Die ersten Typen kommen rein. Natürlich alle schwul, wie ich es mir gedacht hatte. Zum Glück habe ich meine Kumpels nicht eingeladen. Sie würden durchdrehen, zudem hatte ich keine Lust auf irgendein Theater.

»Let's get the party started!«, fordert Viola mich auf. Sie zieht mich in die Küche und befüllt Shot-Gläser mit Tequila, stellt sie auf ein Tablett und geht damit ins Wohnzimmer. Ich folge ihr.

»Zur Begrüßung«, verkündet sie und reicht jedem Anwesenden ein Glas. Auch ich bekomme eines in die Hand gedrückt. Was soll ich machen? Ich kippe den Inhalt des Glases herunter. Zumindest besaufen kann ich mich heute vielleicht. Das ist nicht mal ein schlechter Ausblick. Ich schnappe mir gleich den zweiten Shot und exe diesen ebenfalls.

Tom

Irgendwie habe ich keine Lust auf diese Party, aber was bleibt mir anderes übrig? Sie findet ja bei uns Zuhause statt. Also muss ich wohl da durch. Ich gehe ins Wohnzimmer und begrüße die ersten Gäste, setze mich zu Chris aufs Sofa. Er ist schon gut mit dabei, wie ich sehen kann.

»Was trinkst du da?«, frage ich ihn.

»Keine Ahnung. Irgendein Cocktail, den Miguel gemixt hat. Mit Rum und so.«

»Aha«, gebe ich mich interessiert.

»Willst du auch?«

»Lass mich mal probieren!«

Er reicht mir sein Glas und ich ziehe am Strohhalm. Schmeckt süß. Ich bin ja sonst eher der Biertrinker, doch das hier könnte ich mir gefallen lassen.

»Hey, Miguel«, ruft Chris unserem Mitbewohner zu. »Ich glaube, Tom hätte auch gern so ein Glas.«

»Kommt sofort«, entgegnet Miguel und macht sich auf den Weg in Richtung Küche, ehe ich was dazu sagen kann.

»Übrigens möchte ich mich entschuldigen«, fange ich an.

»Wofür?«, tut Chris unwissend.

»Du weißt schon«, sage ich. »Für mein blödes Verhalten zwischendurch. Ich wollte dich nicht so angehen.«

»Schon gut«, sagt er lächelnd. Dann ist Schweigen angesagt. Die Musik dudelt im Hintergrund. Irgendeine Popmukke, wahrscheinlich Britney oder Rihanna. Keine Ahnung. Ich stehe eher auf Rock.

Die Gäste sind gut gelaunt und unterhalten sich angeregt. Dann kommt Miguel mit meinem Cocktail. Ich trinke davon und merke, dass meine Mischung ziemlich stark geworden ist. Umso besser, denke ich mir, denn dann knallt sie wenigstens.

»Eigentlich habe ich gar keinen Bock auf diese Party«, eröffne ich Chris.

»Wem sagst du das?«, antwortet er darauf.

»Aber das ist doch dir zu Ehren.«

»Na und?« Er zuckt mit den Schultern. »Ich hätte das nicht gebraucht ... Aber lass uns das beste daraus machen. Prost!«

Er stößt mit mir an und wir trinken weiter unsere Cocktails. Zumindest etwas ist gut an dieser Party: Miguel hat für reichlich Alkohol gesorgt. Es klingelt an der Tür und die nächsten Gäste kommen. Es wird immer voller. Das ein oder andere Gesicht habe ich schon mal gesehen, doch die meisten sind eher Miguels Freunde.

»Wo ist eigentlich Sven?«, fragt mich Chris irgendwann.

»Keine Ahnung. Du hast recht, er ist noch nicht aufgetaucht.«

»Aber da ist er«, entgegnet mir mein blonder Mitbewohner. »Vorhin habe ich ihn noch gesehen.«

Miguel

»Was machst du denn noch hier so in deinem Zimmer«, frage ich Sven. Er steht vor dem Schrank und knöpft sich das Hemd zu. »Wir warten schon alle auf dich.«

»Sorry, ich hatte Probleme, das passende Outfit zu finden.«

»Stimmt, du hast ja ein paar Pfunde verloren. Du hättest dir auch was von mir leihen können. Aber jetzt komm schon.« Ich werde ein bisschen ungeduldig.

»Gleich, gleich«, entgegnet er entspannt. »Ich erwarte noch einen Gast und für ihn muss ich perfekt aussehen.« Er zwinkert mir zu.

»Verstehe«, sage ich und zwinkere mehrdeutig zurück. Das freut mich für ihn. »Ist es dein netter Arzt, von dem du mir erzählt hast?«, hake ich nach. Sven nickt freudestrahlend. »Dann kann ich dich gut verstehen.«

Ich lasse ihn erneut allein im Zimmer zurück, damit er sich zu Ende stylen kann. Mir kommt Viola auf dem Flur entgegen.

»Super Party!«, schreit sie über die Musik hinweg. »Tolle Gäste! Wohoo!« Sie ist ziemlich gut drauf.

»Ich bin froh, dass alles so gut läuft«, brülle ich und meine es auch so. Alles scheint glatt zu laufen.

»Sag mal«, beginnt meine beste Freundin, »hast du etwas da? Ich könnte jetzt was schmeißen.«

Ich gebe ihr zu verstehen, mir zu folgen. Wir gehen auf mein Zimmer und ich hole erneut ein kleines Plastiktütchen aus meinem Versteck unter der Matratze. Sie freut sich, als sie den Inhalt sieht. Ich gebe ihr eine Pille und nehme mir selbst auch eine. Gemeinsam schlucken wir sie.

Dann gehen wir tanzend zurück ins Wohnzimmer. Jetzt kann es so richtig losgehen. Wir wollen es krachen lassen. Viola und ich lassen unsere Hüfte kreisen und versuchen, auch die anderen zu animieren. Schließlich sehe ich, wie sich meine beste Freundin auf die Couch wirft. Sie landet auf dem Schoß meines Mitbewohners Chris.

»Komm schon, Chrisilein!«, brüllt sie. »Lass uns tanzen!«

Chris lächelt verlegen. Irgendwie finde ich das süß. Sie legt ihre Arme um ihn und flüstert ihm was ins Ohr. Er grinst nur und nickt. Irgendwie bin ich ein bisschen eifersüchtig. Wie gerne wäre ich das auf seinem Schoß. Aber da muss ich mir wohl jemand anderen suchen, Auswahl gibt es hier ja genug. Mal sehen, wen ich mir klarmachen kann.

Sven

Ich bin so aufgeregt. Gleich ist Doktor Martins da. Mein Outfit sitzt zwar nicht allzu perfekt, weil es obenrum ein bisschen schlabbert, aber ich finde, ich sehe trotzdem ganz gut aus. Ich trage eine schwarze Jeans und dazu ein weißes Hemd. Die oberen Knöpfe habe ich offengelassen. Die Brust habe ich mir frisch rasiert. Ich lege ein paar Spritzer meines Lieblingsparfüms auf und dann klingelt es auch schon wieder. Vielleicht ist es ja diesmal mein Arzt.

Ich gehe zur Tür und öffne sie. Tatsächlich steht mein dunkler Prinz mit einem strahlenden Lächeln vor der Tür.

»Hallo«, begrüßt er mich mit einem Küsschen links und rechts.

»Hallo, Doktor Martins«, sage ich zu ihm und bitte ihn herein. Er sieht fantastisch aus, trägt einen hellgrauen Anzug und unter dem Sakko hat er, wie ich sehen kann, ein weißes Shirt mit einem weiten Rundhalsausschnitt an. Jedenfalls kann ich seine Brustmuskeln erkennen, was mich richtig heiß macht. Ich führe ihn in die Küche und biete ihm etwas zu trinken an. Er entscheidet sich für ein Glas Sekt und ich nehme auch eines, um mit ihm gemeinsam anzustoßen.

»Nette Party«, sagt er.

»Ja, wir feiern den Einstand unseres neuen Mitbewohners. Soll ich dir alle mal vorstellen?«

»Später«, antwortet er. »Ich würde lieber mal nach deiner Gesundheit schauen und dich kurz untersuchen. Können wir in dein Zimmer gehen?«

Er guckt mich verführerisch an. Ich ahne, was er eigentlich vorhat und freue mich darauf, daher nicke ich und begleite ihn in mein Zimmer. Kaum ist die Tür hinter uns geschlossen, packt er mich und küsst mich leidenschaftlich. Ich bin hin und weg. Unsere Zungen umspielen sich und ich schmecke Pfefferminz. Er knöpft mir das Hemd auf. Ich fühle mich wie elektrisiert und lasse alles mit mir machen. Dann schiebt er mich zum Bett und ich setze mich. Er streift sein Sakko von sich ab. Im Hintergrund läuft nach wie vor laute Musik, aber das stört uns nicht.

Als er das Shirt über seinen Kopf zieht, sehe ich seinen breiten und muskulösen Oberkörper. Er hat tolle Brustmuskeln und sein Bauch ist flach. Dann öffnet er seine Gürtelschnalle. Ich bin wie hypnotisiert und schäle mich aus meinem Hemd.

Aber dann kann ich nicht mehr. Als er die Hose nach unten zieht, sehe ich, wie sich sein Schwanz an der weißen Retro Boxer abzeichnet. Ich bin überwältigt, denn das ist ein riesiges Teil und vor allem sehr dick. Bestimmt hat er einen Umfang von sechs Zentimetern.

Ich reibe von außen an seinem Schwanz und spüre, wie dieser pocht. Schließlich streife ich die Unterhose nach unten und ein mindestens 18cm langer Pimmel springt mir ins Gesicht. Ich umfasse seinen Hintern, der sich stramm anfühlt und öffne weit den Mund. Ich umschließe seine Eichel, so gut es geht. Er streichelt mir zärtlich über den Kopf.

Mit der Zunge lecke ich an seiner Eichel, umspiele mit ihr das Vorhautbändchen und lecke, was das Zeug hält. Daraufhin bückt er sich zu mir runter und küsst mich erneut. Er drück mich aufs Bett und reibt an meinem Penis, der schon längst steif ist. Er öffnet meine Hose und zieht sie mir ebenfalls nach unten. Dabei hört er nicht auf, mich leidenschaftlich zu küssen. Ich bin im siebten Himmel, als er anfängt, mir den Schwanz zu wichsen. Es tut so gut.

Chris

Puh, bin ich dicht. Miguels Drinks werden irgendwie von Mal zu Mal stärker. Und diese Viola weicht gar nicht mehr von meiner Seite. Sie hängt an mir wie eine Klette.

»Wollen wir nicht tanzen?«, fragt sie mich und ich komme gar nicht dazu, nein zu sagen. Schon stehe ich mit ihr im Wohnzimmer und wippe zu irgendwelchen Popsongs. Sie tanzt um mich herum, als wäre ich ihre Gogo-Stange, schwingt ihre Hüften und stößt den kleinen Hintern gegen mich. Sie umschließt mich mit den Händen und reibt sich an mir.

Irgendwann merke ich ihre Hände an meinem Po. Sachte schiebe ich sie nach oben. Irgendwann hat sie den roten Schopf an meiner Brust und tanzt mit mir eng umschlungen. Mir ist das ein bisschen unangenehm. Mit dem Vorwand, noch etwas trinken zu wollen, schmeiße ich mich wieder zu Tom auf die Couch. Ich nippe am Cocktail und schon sitzt Viola wieder auf meinem Schoß.

»Chris«, flötet sie kokett, »hast du nicht Lust, kurz mit mir auf Miguels Zimmer zu kommen. Ich möchte dir was zeigen.«

Ich weiß ganz genau, was sie mir zeigen möchte. Und ich soll *dann* kommen. Ich vertröste sie auf später, kann sie jedoch nicht abwimmeln. Irgendwie nervt sie ja ziemlich.

Es klingelt abermals.

»Ich öffne die Tür«, sage ich und versuche, sie zur Seite zu schieben, damit ich aufstehen kann, doch Tom funkt mir dazwischen.

»Ich mach das schon.« Er steht auf und lässt mich mit ihr allein auf der Couch zurück. Sie lacht übertrieben schrill und wirft erneut die Arme um mich. Ich kann nichts dagegen tun, denn ich bin viel zu besoffen.

»Chris!«, höre ich plötzlich eine Frauenstimme schreien.

Ich erschrecke, als ich zur Wohnzimmertür schaue und Pia sehe, die mich fassungslos anstarrt. Oh nein! Ich schmeiße Viola von mir runter und springe auf.

»Pia«, rufe ich, »was machst du denn hier?«

Sie guckt mich böse an und dreht sich um. Ich renne ihr hinterher. Im Flur halte ich sie am Arm fest und sorge dafür, dass sie mich ansehen muss.

»Es ist nicht so, wie du denkst«, versuche ich zu erklären.

»Ach nein?«, hakt sie wütend nach. »Da lädt mich dein Mitbewohner zu deiner Einstandsparty ein und ich dachte, es sei eine Überraschung, wenn ich komme und wie muss ich dich vorfinden? Arm in Arm mit einer anderen Tussi!«

»Bitte, Pia«, flehe ich, »höre mir zu. Ich will gar nichts von ihr. Sie rückt mir ständig auf die Pelle.«

»Das muss ja schlimm sein, wenn du sie auf dir sitzen lässt.« Sie funkelt mich immer noch böse an, dabei spitzt sie die Lippen so. Ich kenneund liebe das an ihr.

›Konzentration‹, sage ich gedanklich zu mir selbst, doch es fällt mir schwer. Der Alkohol …

»Pia, ich liebe nur dich!« Ich bemühe mich, ihre Hände in die meinen zu nehmen, doch sie wehrt diese Geste ab.

»Lass mich in Ruhe!«, schreit sie mich an, dreht sich um und verlässt die Wohnung. Sie lässt mich einfach stehen.

»So ein Mist!«, brülle ich wütend. Ich bin sauer auf diese blöde Viola. Oder eher auf mich. Wie konnte ich das nur zulassen?

»Schätzchen«, höre ich eine weibliche Stimme hinter mir, »sei nicht so traurig. Lass uns noch einen trinken.«

Viola versucht es erneut, schaut mich mit großen Rehaugen an, doch diesmal gehe ich gar nicht darauf ein. Ich laufe an ihr vorbei und gehe auf mein Zimmer. Hinter mir schließe ich die Tür.

Die Party ist für mich vorbei.

Tom

Ich muss dringend pissen, doch die Tür ist abgesperrt. Wahrscheinlich ist gerade jemand da drinnen. Ich warte im Flur und lehne mich derweil an die Wand, da höre ich ein Stöhnen.

›Da fickt doch gerade jemand‹, denke ich und lausche angestrengt.

Es kommt aus Svens Zimmer. Ich gehe näher an dessen Tür heran und tatsächlich höre ich das Treiben. Ich bin besoffen und neugierig, keine gute Kombination. Ich öffne die Tür einen winzigen Spalt und schaue in das Zimmer. Tatsächlich sehe ich, wie Sven gerade gehörig in den Arsch gefickt wird. Krass, was für ein dickes Ding dieser Schwarze hat. Wow! Ich bin beeindruckt. Sven scheint es sehr zu genießen.

»Gefällt dir das, was du siehst?«, fragt mich jemand plötzlich von der Seite. Ich erschrecke. Einer der Gäste steht neben mir und schaut mich argwöhnisch an. Ich grinse nur verlegen und entgegne:

»Erwischt.«

Er lächelt kokett und kommt näher zu mir. Ich spüre seinen Atem in meinem Gesicht, als er mir in die Augen schaut. Für einen Augenblick bin ich völlig hypnotisiert. Dieser Kerl zieht mich in seinen Bann, was nicht verwunderlich ist. Er sieht geil aus. Er ist etwas größer als ich, hat dunkle, kurze Haare und dunkle Augen, hat ein Grübchen am Kinn, welches zum Anbeißen aussieht. Er trägt ein hautenges, weißes Muskelshirt, wodurch dieBauchmuskeln durchschimmern und eine Jeans, welche eine gehörige Beule verrät.

Vielleicht verklärt der Alkohol auch meinen Blick, aber ich finde ihn ungemein heiß. Daher kann ich nicht anders, als nichts zu tun, schließlich will er mich küssen. Zunächst wende ich mein Gesicht von ihm ab, doch mit einer Hand packt er mich und ich kann mich nicht mehr wegdrehen. Der Kerl presst seine Lippen auf meine und ich lasse es geschehen.

Er schiebt mich zur nächsten Tür und schon befinden wir uns in Miguels Zimmer. Er drückt mich aufs Bett und streift mir die Lederjacke ab, setzt sich breitbeinig auf meinen Schoß und küsst mich weiterhin. Seinen Arsch lässt er auf meinem Schritt kreisen. Ich glaube, ich kriege eine Latte.

Er nimmt meine Hand und schiebt sie unter sein Shirt. Ich befühle den Sixpack und werde immer geiler. Er streift sich das Shirt ab und steht auf, kniet sich danach vor mich hin und öffnet mir die Hose.

Was mache ich hier? Ich zweifle für einen Moment, doch als er meinen Schwanz im Mund hat, denke ich nur noch daran, meine Geilheit zu befriedigen. Er bläst mich so, wie es kein anderer zuvor getan hat. Dabei spielt er mit einer Hand mit meinen Eiern und mit der anderen Hand streichelt er meinen Bauch. Ich stöhne, weil es so guttut. Schon lange habe ich keinen Druck mehr abgelassen. Meine Eier sind prall gefüllt und es dauert nicht lange bis ich spüre, wie ich mich dem Höhepunkt nähere.

»Ich will noch nicht«, stöhne ich.

»Komm schon!«, sagt er und lutscht weiter.

Schließlich spritze ich ab und der ganze Saft landet in seinem Mund. Ein bisschen läuft ihm an den Mundwinkeln herunter. Er steht auf und beugt sich über mich. Er will mich küssen. Ich lasse es zu und schmecke meinen eigenen Saft. Das macht mich geil und ich merke, dass mein Schwanz wieder steif wird, obwohl ich erst abgespritzt habe.

Er grinst mich zufrieden an, als er seine Jeans öffnet. Dann holt er seinen Pimmel raus und ich fange nun an, ihm einen zu blasen. Ich finde es ungemein geil. Wie lange habe ich das nicht mehr gemacht? Ich bin völlig betört von dem Duft seines Schwanzes. In völliger Ekstase lasse ich mich darauf ein. Den Gedanken an Ronny verdränge ich vollkommen.

Sein Glied steht wie eine Eins. Er holt eine Kondompackung aus der Hosentasche und öffnet sie. Ich denke an Sven und wie er von dem Schwarzen gefickt wurde. Ich freue mich und stehe auf, um mir meine Hose völlig auszuziehen. Dann drehe ich mich um und bücke mich, sodass er in meinen Arsch eindringen kann. Als ich seinen Schwanz in mir spüre, erscheint von meinem inneren Auge das Bild von Sven, wie er gefickt wird. Und dann stelle ich mir vor, dass es Ronny ist, der mich gerade durchnimmt. Es fühlt sich genial an.

Da geht die Tür auf und zwei Typen stürzen knutschend herein. Wir halten inne und die beiden Typen auch. Einer von ihnen ist Miguel.

»Huch!«, schreit er. »Das ist mein Zimmer.«

»Wir sind gleich fertig«, sagt mein Macker feixend.

»Okay«, erwidert mein Mitbewohner gleichgültig und zieht seinen Lover wieder aus dem Zimmer. Hat er überhaupt bemerkt, dass ich es bin? Egal! Wir machen weiter.

Miguel

Sascha ist einer der geilsten Küsser, die ich kenne. Deshalb habe ich ihn mir ausgesucht. Erst tanzen wir im Wohnzimmer, danach küssen wir uns und schließlich machen wir wild miteinander rum.

Daher will ich mit ihm in meinem Zimmer verschwinden, doch als ich reingehe, wird gerade jemand auf dem Bett gefickt. Ich bin erst ein bisschen erschrocken, aber da sehe ich, dass es Tom ist, dessen Rosette mal wieder so richtig rangenommen wird. Das hat bitter nötig, deshalb schnappe ich mir Sascha und suche mir ein anderes Plätzchen.

Vor der Tür treffen wir jedoch auf eine aufgebrachte Viola:

»Oh Mann«, jammert sie, »Chris hat mir einen Korb gegeben.«

»Und was soll ich jetzt tun?«, frage ich sie und halte dabei Saschas Hand ganz fest, damit er mir nicht entwischt.

»Du musst mich aufmuntern«, befiehlt sie trotzig.

»Ich bin gerade beschäftigt«, entgegne ich und zeige ihr, dass ich Saschas Hand halte.

»Hast du nicht eine Line für mich?«

Ich merke, wie Sascha zusammenzuckt, daher lasse ich seine Hand los und maule meine beste Freundin an:

»Pssst! Posaune das doch hier nicht so rum.«

»Was ist denn nun? Bitte!«, fleht sie.

»Na gut«, gebe ich klein bei und schaue meinen Lover entschuldigend an. Da werde ich wohl nochmal ein bisschen warten müssen, bis unsere Lippen sich wieder treffen. Er seufzt und geht zurück ins

Wohnzimmer. Ich gebe Viola zu verstehen, mir zu folgen.

Wir gehen ins Badezimmer, wo mein Notvorrat in der Kulturtasche versteckt ist. Es ist nicht viel, aber es reicht für eine kleine Nase voll für uns beide. Sofort merke ich, wie sich ihre Stimmung bessert. Wahrscheinlich liegt es daran, dass auch ich den Kick spüre. Sie fängt an zu lachen.

»Was ist so komisch?«, frage ich.

»Ich bin Model und sehe gut aus. Und der einzige Hetero-Kerl auf dieser Party will nichts von mir.«

Ich nicke.

»Tja, er hat ja auch eine Freundin. Die sollte heute übrigens kommen, aber ich habe sie gar nicht gesehen.«

»Sie war vorhin da und hat Chris eine Szene gemacht«, erklärt sie mir.

»Wieso?«, will ich wissen.

»Na ja, sie war wohl eifersüchtig wegen mir«, grinst sie mich schief an.

»Was hast du gemacht?«

»Nichts«, antwortet sie mir viel zu schnell. Ich schaue sie misstrauisch an und sie lächelt lediglich ein bisschen schuldbewusst.

Ach du Scheiße, denke ich mir. Was habe ich da gemacht? Irgendwie ist es meine Schuld, denn ich habe Pia eingeladen. Ich hätte Chris vielleicht darauf vorbereiten müssen. Und Viola hätte ich in die Schranken weisen sollen. Das war echt dumm gelaufen.

Sven

Mein Arsch brennt ein bisschen. Von so einem dicken Schwanz wurde ich noch nie durchgefickt. Mann, war das geil!

Doktor Martins liegt neben mir im Bett. Er hat den Arm um mich gelegt und ich schmiege mich an dessen Brust. Draußen dröhnt weiterhin die Musik. Die Party ist noch im vollen Gange. Wir liegen hier nackt im Bett und jederzeit könnte jemand hereinkommen, aber das ist mir egal. Ich fühle mich gut.

Doktor Martins streichelt mir durchs Haar. Dann sagt er:

»Ich fand es wunderschön.«

»Und geil«, ergänze ich.

»Und geil«, stimmt er grinsend zu.

Dann richte ich mich auf und schaue ihn an. Er blickt mir erwartungsvoll ins Gesicht.

»Werden wir das wiederholen?«, frage ich ihn.

»Sehr gerne«, antwortet er mit ruhiger Stimme.

»Ich will eigentlich wissen«, ergänze ich, »ob das nur ein One-Night-Stand für dich war oder ob wir uns wiedersehen?«

Er lächelt mich gütig an und ich warte angespannt auf seine Antwort. War ich wieder nur ein billiger Fick oder meint er es ernst?

»Wie ich schon sagte«, beginnt er, »würde ich das sehr gerne wiederholen. Ich möchte dich wiedersehen. Das würde mich sehr freuen.«

Er richtet sich ebenfalls auf und nimmt mein Gesicht in die Hände. Er schaut mir tief in die Augen. Ich muss lächeln, denn er drückt mir seine dicken und weichen Lippen auf den Mund. Wir küssen uns erneut und diesmal ist es fast noch intensiver. Bevor wir es allerdings zu weit treiben, erinnere ich ihn an die Party:

»Wollen wir jetzt nicht doch mal zu den anderen gehen?«, frage ich ihn.

»In Ordnung«, raunt er und wir steigen aus dem Bett.

Als wir uns anziehen, muss ich ihn mir genauer betrachten. Wie unterschiedlich wir beide sind. Er ist groß und dunkel, hat eine Glatze und ist total breit. Ich habe volles Haar, zudem wirke ich gegen ihn geradezu bleich. Und dadurch, dass ich abgenommen habe, bin ich total schlaksig geworden. Ich muss definitiv mehr trainieren, sonst sehen wir zusammen seltsam aus. Zumindest sind wir beide ungefähr gleich groß.

Als wir wieder angezogen sind, gehen wir ins Wohnzimmer. Vergeblich schaue ich mich nach meinen Mitbewohnern um. Wo sind die denn alle?

Chris

Als ich auf die Uhr schaue, merke ich, dass es bereits Nachmittag ist. Ich lag die halbe Nacht wach im Bett und konnte nicht schlafen. Teilweise lag es an der Party, die in der Wohnung zugange war, zum anderen musste ich aber die ganze Zeit an Pia denken.

Gegen fünf musste der letzte Gast gegangen sein, denn ab da hörte ich keine Musik mehr. Ich schaue mal am besten nach.

Ich verlasse das Zimmer und sehe schon das Chaos vom Flur aus. Überall stehen leere Gläser und Flaschen herum, der Boden ist übersät von Chipskrümeln. Ich gehe ins Wohnzimmer und was sehe ich da? Miguel liegt komplett nackt auf der Couch. Ach du meine Güte! Er schläft und dabei läuft ihm der Sabber aus dem Mund? Ich schaue mich um. Viola ist nicht da. Ich gehe zu Miguel rüber und lege ihm einen Kolter über. Die Decke bewirkt wenigstens, dass ich ihn nicht mehr im Blick habe. Danach gehe ich in die Küche und dort ist das Chaos noch erschreckender. Es wird sicherlich Stunden dauern, dies zu beseitigen.

Ich weiß gerade nicht, wo ich anfangen soll, doch die Wohnung spiegelt genau meine Situation wider. Bei mir herrscht ebenfalls das reinste Chaos. Pia denkt, ich vergnüge mich mit anderen Mädels. Damit liegt unsere Beziehung quasi in Scherben. Das macht mich fertig.

Ich beschließe, die Wohnung erst mal so zu belassen, und gehe zurück in mein Zimmer, um Pia anzurufen. Ich schnappe mein Handy und wähle ihre Nummer. Nach einigem Klingeln geht die Mailbox ran. Ich lege auf, weil ich nicht weiß, was ich ihr auf diese sprechen soll. Ich muss mir das ganz genau überlegen, oder es kommt zu Missverständnissen.

Ich überlege, ihr eine Nachricht zu schreiben, und fange an, etwas ins Handy zu tippen:

Liebe Pia, bitte glaube mir, dass ich nichts mit
    Viola hatte. Sie hat mich angebaggert, aber ich
    will nichts von ihr.

Ich lese mir die Nachricht nochmal durch und bin nicht zufrieden mit ihr. Ich lösche sie wieder und überlege mir etwas Neues:

Liebe Pia, das von gestern Abend tut mir so leid.
    Ich war betrunken und wusste nicht, was ich da
    tat.

Was mache ich da denn bitteschön? Ich gestehe etwas, was ich gar nicht getan habe und schiebe es auch noch auf den Alkohol. Ich würde mal behaupten: Klischee erfüllt! Nein, damit komme ich bei Pia nicht weiter. Letzter Versuch:

Liebe Pia, lass uns bitte noch einmal darüber
    reden. Ich vermisse und ich liebe dich. Dein
    Chris

Ehe ich weiter darüber nachgrübeln kann, habe ich die Nachricht gesendet. Mir ist es lieber, wenn wir persönlich miteinander sprechen. Bei so einer Text-Nachricht kann man nur alles falsch machen. Nun muss ich hoffen, dass sie antwortet.

Ich gehe zurück ins Wohnzimmer. Miguel liegt nach wie vor so da, wie ich ihn zurückgelassen habe. Er hat sich keinen Millimeter bewegt. Ich gehe zu ihm rüber und schüttle ihn leicht an der Schulter.

»Miguel«, sage ich, »steh auf und geh in dein Bett.«

Keine Reaktion. Ich schubse ihn noch ein bisschen kräftiger, doch er bewegt sich weiterhin nicht. Langsam beunruhigt es mich. Ich beuge mich herunter und nehme sein Gesicht in meine Hände.

»Komm schon, wach auf!«, spreche ich ihn an, doch er wacht einfach nicht auf. Ich versuche noch ein paar andere Dinge, aber nichts hilft. Ein Arzt muss her!

Tom

Als ich aufwache, erschrecke ich. Neben mir liegt ein Kerl. Langsam erinnere ich mich. Ich befinde mich in Miguels Zimmer und liege mit einem fremden Typen in dessen Bett. Was habe ich nur getan? Ich habe Ronny betrogen! Was bin ich nur für ein Mensch? Ich springe aus dem Bett und ziehe mir meine Unterhose an. Der Kerl wacht langsam auf.

»Na du«, sagt er zur Begrüßung.

»Morgen!«, erwidere ich kurz angebunden.

»War eine geile Nacht«, kommentiert er gähnend und streckt dabei die Hände von sich.

»Zieh dich an!«, bitte ich ihn und er schaut mich verdutzt an. »Das hier ist nicht mein Zimmer, sondern das von meinem Mitbewohner. Wir sollten hier verschwinden«, erkläre ich.

Er nickt und steht auf. Auch er ist noch völlig nackt und ich schäme mich, als ich seinen Arsch betrachte.

Als wir angezogen sind, bringe ich ihn zur Haustür und verabschiede mich schnell von ihm. Gerade als ich im Bad verschwinden will, um mich frisch zu machen, höre die Stimme meines neuen Mitbewohners:

»Miguel! Komm schon! Wach endlich auf!«

Ich frage mich, was da los ist und marschiere schnell ins Wohnzimmer. Miguel liegt auf der Couch, Chris ist über ihn gebeugt und versucht, ihn zu wecken.

»Was ist los?«

»Er ist völlig weggetreten und wacht nicht mehr auf.« Chris klingt panisch.

Ich eile zu den beiden und greife mir Miguel. Ich packe ihn und richte ihn gewaltsam auf.

»Miguel?«, knurre ich. »Hörst du mich?«

Sein Kopf hängt jedoch nur schlaff herunter.

»Siehst du«, sagt Chris. »Ich habe es auch versucht. Er ist völlig weg.«

Ich rüttle stärker an meinem Mitbewohner und rufe seinen Namen noch lauter. Allmählich bekomme ich ebenfalls Angst.

»Uh«, stöhnt er irgendwann. Dem Himmel sei Dank, ein Lebenszeichen! »Hey«, meckert Miguel schließlich. »Was soll das?«

»Du hast uns ganz schön erschreckt«, erkläre ich ihm. »Wir dachten schon, du liegst im Koma.«

»Hä?«, hakt er völlig benebelt nach. Er blinzelt müde mit den Augen. Meine Güte, ist der Kerl fertig ...

Miguel

»Was wollt ihr von mir?«, jammere ich. Ich möchte doch einfach nur weiterpennen. Warum lassen sie mich nicht in Ruhe?

»Wir bringen dich ins Bett«, sagt Chris. Wunderschöner Chris! Er steht neben der Couch und mein Kopf ist genau in der Höhe seines Schritts. Am liebsten würde ich ihm die Hose runterreißen und ihm einen blasen. Aber ich glaube, das sind die Nachwirkungen vom Alkohol und des Stoffs.

»Mein Bett ist besetzt«, äußere ich schwach.

»Was meinst du?«, hakt Chris nach.

»Tom liegt mit einem Typen darin. Deswegen bin ich auf die Couch gegangen.«

Chris schaut an mir vorbei und ich folge dem Blick. Da ist ja Tom! Er wird rot wie eine Tomate, schließlich sagt er peinlich berührt:

»Dein Bett ist jetzt wieder frei. Wir bringen dich rüber. Komm!«

Beide wollen mich packen, doch ich will nicht.

»Ich schaffe das«, brumme ich und versuche, mich zu erheben. Bei dem Versuch verliere ich das Gleichgewicht und falle wieder zurück auf die Couch. »Uff«, stöhne ich.

Dann nehmen mich beide unter die Arme und schleifen mich ins Zimmer, legen mich in mein Bett. Als Chris noch so über mich gebeugt ist und ich in seine wunderschönen Augen blicke, kann ich nicht anders. Ich ziehe sein Gesicht zu mir. Er schaut irritiert.

»Danke«, sage ich. Er lächelt. Dann gebe ich ihm einen Kuss auf den Mund. Sofort schreckt er zurück. Warum stellt er sich nur so an? Tom kichert.

»Wir lassen dich jetzt mal in Ruhe«, sagt der hübsche Mitbewohner mit errötetem Kopf.

»Ja«, stimmt Tom ihm zu und versucht, sich ein Grinsen zu verkneifen. »Wir gehen mal rüber und bringen das Chaos in Ordnung. Schlaf du ein bisschen.«

»Wollt ihr nicht zu mir ins Bett kommen?«, frage ich die beiden, doch sie gehen nicht darauf ein. Stattdessen decken sie mich zu. Wie lieb sie doch sind!

Als sie das Zimmer verlassen, mache ich die Augen zu. Es ist so gemütlich. Ich glaube, ich muss noch eine Runde schlafen.

Sven

»Ach du meine Güte«, ächze ich, als ich das Chaos in der Wohnung erblicke. Alles ist durcheinander, als ob eine Bombe eingeschlagen wäre. Überall Schmutz und Dreck. Also da werde ich Stunden brauchen, bis alles wieder einigermaßen rein ist.

Ich rufe meine Mitbewohner. Alle sollen antreten, damit wir gemeinsam aufräumen. Da kommen Chris und Tom aus Miguels Zimmer. Ich gucke sie verdutzt an.

»Wir haben Miguel ins Bett gebracht. Er ist völlig durch«, erklärt Chris.

»Aber wir müssen zusammen die Wohnung in Ordnung bringen«, argumentiere ich, doch die beiden schütteln die Köpfe.

»Also auf Miguel kannst du nicht zählen«, äußert Tom. »Aber wir kriegen das auch zu dritt hin.«

Ich bin damit nicht so einverstanden, doch bevor ich was sagen kann, meldet sich Chris nochmal zu Wort.

»Er hat die Party organisiert, dann können wir den Part des Aufräumens übernehmen. Soll er mal seinen Rausch ausschlafen.«

Damit muss ich mich wohl oder übel begnügen, so packen wir drei es allein an. Wir fangen im Wohnzimmer an und räumen den Müll in Beutel.

»Es war aber eine tolle Party«, sage ich erfreut. Ich muss an meinen Arzt denken und welche grandiose Nacht wir gemeinsam hatten. Tom und Chris seufzen lediglich resigniert. Was ist denn mit denen los?

»Du hattest Besuch, nicht wahr?«, fragt mich Tom allerdings interessiert, weshalb ich bei ihnen nicht weiter nachhake.

Ich grinse und die beiden müssen nun auch lächeln. Ich erzähle ihnen von der wunderbaren Nacht mit Doktor Martins, lasse keine Einzelheit aus. Ich muss sogar zugeben, dass ich ein bisschen verliebt bin. Die beiden freuen sich ehrlich, aber ich merke, dass ihnen diese Party nicht so gefallen hat wie mir.

»Was ist denn mit euch los?«, versuche ich zu hinterfragen.

»Ach ... nichts«, antwortet Tom lakonisch.

Ich schaue Chris fragend an, doch der zuckt ebenfalls nur mit den Schultern. Beide scheinen, eine miese Nacht hinter sich zu haben. Aber was soll es mich kümmern, wenn sie es nicht erzählen wollen? Vielleicht sollte ich mich, wie einmal von Miguel angemerkt, aus dem Leben der anderen raushalten. Ich freue mich über meine traumhafte Nacht und darauf, meinen Arzt bald wiederzusehen.

Chris

Es hat sich einfach so ergeben. Ich wollte ins Fitnessstudio und plötzlich begleiten mich meine Mitbewohner. Jetzt befinden wir uns alle vier nebeneinander auf Laufbändern und joggen.

Das Gute ist, dass wir so alle mal Zeit haben, miteinander zu quatschen. Ich fange an:

»Miguel, ich wollte mich noch mal bei dir für die Organisation der Party bedanken.«

»Ha!«, ruft er aus. »Da gibt es nichts zu danken. Schade ist bloß, dass du keinen deiner Freunden eingeladen hast.«

Ich werde ein bisschen verlegen.

»Äh …«, stottere ich, »das tut mir leid. Aber ehrlich gesagt, war ich nicht so in der Stimmung für eine Party. Deshalb hatte ich niemanden eingeladen.«

»Jetzt kommt wieder die alte Leier mit Pia«, stöhnt Miguel gespielt genervt.

»Du musst Chris verstehen«, mischt sich Tom ein. »Er hat es nicht leicht momentan. Und du hast ihn ja jetzt noch mehr reingeritten mit deiner Aktion.«

Ich finde es nett, wie er mich unterstützt und gleichzeitig Miguel wegen seines Verhaltens rügt. Nun ist er derjenige, der verlegen ist.

»Ja, das tut mir auch leid«, entschuldigt Miguel sich. »Ich wollte dir eigentlich eine Freude machen, Chris, als ich Pia eingeladen habe. Ich hätte aber Viola gleichzeitig zügeln müssen. Das ist gehörig daneben gegangen.«

»Schon gut«, winke ich die Entschuldigung leichthin ab. »Irgendwie werde ich das schon wieder hinbiegen. Ich weiß nur noch nicht wie. Wenn ihr eine Idee habt, dann raus damit.«

»Ich glaube, ich bin der Letzte, der dir einen Tipp geben kann«, entgegnet Tom und seufzt.

»Wie?«, hakt Miguel nach. »Du hattest doch eine super Nacht. Und ich muss es wissen, denn ich habe dich ja schließlich dabei gesehen, wie es dir ein heißer Typ so richtig besorgt hat.«

»Was?«, bringt nun Sven erschrocken heraus und starrt zu Tom hinüber. »Habe ich was verpasst?«

»Also hast du doch alles mitbekommen«, stellt Tom mit rotem Kopf fest. Er ist sichtlich peinlich berührt.

»Schließlich ist es mein Zimmer und ich hab gute Augen«, erklärt Miguel. »War er wenigstens so gut, wie es aussah?«, möchte er darüber hinaus wissen.

»Ach lass mich in Ruhe«, entgegnet Tom ein wenig schroff. »Ich bereue es total. Das war ein großer Fehler. Ich bin schließlich mit Ronny zusammen.«

Wir alle schauen betroffen, denn wir wissen, dass er es ernst meint und seinen Freund ungemein vermisst. Ich würde es mir auch niemals verzeihen, wenn ich Pia betrogen hätte. Das wäre definitiv das endgültige Aus.

Wir steigen von den Laufbändern und wischen uns mit den Handtüchern den Schweiß ab.

»Zumindest hatte ich eine fantastische Nacht«, erläutert nun Sven. »Mein Arzt und ich schweben auf Wolke Sieben. Es läuft gerade echt gut zwischen uns.«

»Na wenigstens läuft es bei einem von uns«, seufze ich.

»Ihr müsst ihn unbedingt mal kennenlernen«, ergänzt Sven. Wie er strahlt. Ich bin ein bisschen neidisch.

»Du Glücklicher«, meldet sich nun Miguel wieder. »Ich fasse mal zusammen: Während Chris von seiner Freundin auf der eigenen Party eine Szene gemacht bekommt, betrügt Tom seinen ach so geliebten Freund. Ich ende zugedröhnt und mit einem völligen Filmriss allein auf der Couch und unser akkurater und vorbildlicher Sven hatte die Nacht seines Lebens. Ich sage dazu nur: Verkehrte Welt!«

Tom

Wir gehen rüber zu den Hantelbänken. Chris und ich legen uns hin. Sven und Miguel reichen die Gewichte.

»Was habt ihr nun vor?«, fragt Sven.

»Ich weiß es nicht«, gestehe ich ehrlich.

»Willst du es ihm sagen?«, hakt Miguel nach. »Dann bist du aber verrückt.«

»Wie?«, frage ich ihn irritiert. »Soll ich es einfach verschweigen? Das wäre doch total unehrlich.« Ich bin entsetzt, dass er überhaupt so etwas vorschlagen will.

»Das wäre wirklich falsch«, stimmt mir Chris zu. »Eine Beziehung beruht auf Ehrlichkeit.«

»Was seid ihr denn für Weichspüler?«, regt sich Miguel künstlich auf. »Ihr habt wohl zu oft GZSZ geschaut. Ihr kennt doch den Spruch: Was er nicht weiß, macht ihn nicht heiß. So solltet ihr das handhaben.«

»Ich finde das auch nicht richtig«, mischt sich Sven ein. »Man sollte reinen Tisch machen, alles andere ist feige.«

»Pah«, echauffiert sich Miguel weiter. »Die Wahrheit bringt in diesem Fall nur Probleme. Es hat dir doch nichts bedeutet, oder?«

»Ja, das stimmt«, gebe ich zu.

»Seht ihr!«, erklärt unsere Partymaus weiter. »Solange es ihm nichts bedeutet und das nicht wieder vorkommt, sollte er es einfach verschweigen und Gras drüber wachsen lassen. Niemand wird es erfahren und damit wird es auch Ronny nicht misstrauisch machen. Wüsste er davon, würde es zukünftig nur zu Eifersucht kommen und das Vertrauen wäre dahin.«

»Hmmm ...«, grüble ich. Was er sagt, kann ich sogar nachvollziehen, obwohl ich es trotzdem nicht richtig finde.

»Außerdem«, fügt er hinzu, »wissen wir nicht, was Ronny im Amiland so treibt. Wer weiß, mit wem er so ins Bett steigt.«

»Hey«, meckere ich ihn an. »Sag doch so was nicht!« Ich will das definitiv nicht hören. Ronny betrügt mich doch nicht!

»Ist doch wahr. Ich glaube kaum, dass er dort abstinent bleibt. Wie naiv kann man denn eigentlich sein?«

»Miguel«, ermahnt ihn Sven. »Nicht jeder ist so wie du. Es gibt sogar Schwule, die eine monogame Beziehung bevorzugen. Sei nicht so oberflächlich.«

»Also ich wollte nur meinen Standpunkt äußern. Heißt ja nicht, dass man es genauso machen muss, wie ich es machen würde.«

»Meiner Meinung nach«, meldet sich Chris nun wieder zu Wort, »solltest du auf jeden Fall die Wahrheit sagen. Irgendwann kommt so was raus. Wer weiß, wo du dem Typen von der Party noch begegnest. Man sieht sich ja immer zweimal im Leben. Oder vielleicht hat es jemand anderes auf der Party mitbekommen. Oder der Typ erzählt es weiter und um vier Ecken erfährt es Ronny dann. Verschweigen fänd ich zu gefährlich.«

»Genau«, stimmt Sven ihm zu. »Dann ist die Beziehung auf jeden Fall zum Scheitern verurteilt. So hat eure Beziehung noch eine Chance.«

»Ich denke, ihr habt recht«, entgegne ich den beiden.

»Ihr seid ziemliche Pessimisten«, meint Miguel. »Aber letztendlich musst du selbst wissen, was du machst. Wir können dir nur unsere Sichtweise vorbringen.«

»Und damit steht es zwei zu eins für Chris und mich«, ergänzt Sven lachend.

»Haha«, erwidert Miguel gespielt beleidigt.

Ich hingegen werde über die Sache noch weiterhin nachdenken müssen. Ich weiß nicht, ob ich Ronny die Wahrheit sagen kann. Aber eines ist mir durch den Seitensprung klargeworden: Unsere Beziehung liegt im Argen. Irgendwas ist kaputt und nun liegt es an Ronny und mir, die Sache wieder in Ordnung zu bringen.

Miguel

»Wollen wir mal wechseln?«, fragt Chris plötzlich. Bisher haben er und Tom Hanteln gestemmt, während Sven und ich sie ihnen gereicht haben.

»Nein, danke«, antworte ich daraufhin. »Ich habe heute genug Sport gemacht.«

»So siehst du auch aus«, brummt Sven. »Du siehst völlig fertig aus. Insgesamt hast du ganz schöne Augenringe bekommen und siehst dauernd müde aus. Deine Haut ist auch nicht mehr die reinste.«

Was soll das denn jetzt? Warum sagt er so etwas zu mir? Habe ich ihn um dessen Meinung gebeten? Ich merke, wie ich langsam sauer werde.

»Das sagt genau der Richtige«, entgegne ich ihm schnippisch. »Du bist derjenige, der hier total abgemagert ist und wie eine Leiche herumläuft. Du solltest besser mal deinen Mund halten.«

»Hey! Was soll das jetzt? Ich meinte es doch nicht böse. Mir ist nur aufgefallen, dass du in der letzten Zeit richtig müde und fertig aussiehst und gar nicht mehr so frisch und munter.«

»Habe ich dich um deine Meinung gebeten?«, frage ich ihn angesäuert.

»Ich meine es doch nur gut mit dir«, erwidert er ruhig. Jetzt macht er einen auf Psychologe! »Vielleicht solltest du mal ein bisschen langsam machen mit den Drogen.«

Jetzt bin ich richtig wütend und werde sogar laut:

»Kümmere dich besser mal um dich selbst, du halbes Hähnchen. Du bist so dürr, dass dich ein kleiner Windhauch umstößt. Vielleicht gehst du mal besser zum Arzt und lässt dich untersuchen, statt dich von ihm ficken zu lassen.«

Ich bin richtig in Rage. Hat er mir da gerade eben ein Drogenproblem vorgeworfen? Ich glaube, ich höre nicht richtig. Mir geht es gut! Außerdem muss ihn das einen Scheiß interessieren, wie ich aussehe.

»Jetzt hört auf, ihr beiden!«, mischt sich Tom ein.

»Ich habe sowieso keinen Bock mehr.« Damit drehe ich mich um und lasse die drei zurück.

»Warte doch«, ruft mir Tom hinterher, aber ich ignoriere ihn. Ich entscheide mich dazu, zu gehen. Ein Drogenproblem lasse ich mir nicht nachsagen!

Sven

So böse habe ich das doch gar nicht gemeint. Ich mache mir halt Sorgen um ihn! Er ist oft ziemlich müde, hat dunkle Augenringe und ich finde, dass er ein paar Fältchen um die Augen bekommen hat. Als Model kann er sich das doch nicht leisten ... Ich wollte ihn doch nur darauf aufmerksam machen.

Stattdessen beleidigt er mich. Ich weiß doch selbst, dass ich abgenommen habe und etwas nicht stimmt. Aber er kann doch eine Krankheit nicht mit seinem Drogenmissbrauch vergleichen. Sehe ich wirklich so krass abgemagert aus? Ich habe ein bisschen Angst, dass da tatsächlich was Schlimmes dahinter steckt.

»Du hättest vielleicht ein bisschen sensibler sein sollen«, sagt Tom schließlich zu mir.

»Vielleicht hast du recht«, gebe ich zu. »Ich werde später nochmal mit ihm reden«, verspreche ich.

»Das ist eine sehr gute Idee«, stimmt Chris zu. »Eigentlich seid ihr ja gute Freunde, wie ich bemerkt habe. Da sollte man sich nicht so streiten.«

Mir ist die Lust am Trainieren vergangen, daher sage ich zu den beiden anderen, dass ich mir einen Fitnessshake holen gehe. Beide geben mir mit einem Nicken zu verstehen, dass es in Ordnung ist und ich laufe los.

Ich marschiere jedoch gar nicht zur Theke, um mir einen Shake zu holen. Stattdessen laufe ich rüber zur Waage und stelle mich drauf. Ein bisschen habe ich Angst vor dem Ergebnis, hoffe allerdings, dass ich nach dem Trainieren an Muskelmasse zugenommen habe. Wirklich daran glauben tue ich aber nicht.

Und tatsächlich: Wieder ein Kilo weniger auf der Waage. Langsam wird es kritisch. Ich verliere ziemlich schnell an Gewicht, obwohl ich ganz normal esse. Was soll das? Ich muss meinen Doktor Martins fragen. Er kann mich sicherlich irgendwohin überweisen, wo ich richtig untersucht werde.

Mein Herz klopft. Ich merke, dass Panik in mir aufsteigt. Was soll ich jetzt machen? Ich muss mich ablenken und beschließe, schnell zu den anderen beiden zurückzukehren und weiter mit ihnen zu trainieren. Das bringt mich auf andere Gedanken. Ich will nicht wieder alles schwarzmalen.

›Alles wird gut‹, sage ich mir selbst. Ich wiederhole es in Gedanken. Das wird mein Mantra.

Chris

Pia meldet sich nicht. Ich mache mir ernsthaft Sorgen, dass unsere Beziehung nun endgültig vorbei ist. Ich liege nachdenklich auf dem Bett und starre an die Decke. Mittlerweile tue ich das so oft, dass ich jeden Zentimeter meiner Zimmerdecke zu kennen glaube. So kann das nicht weitergehen! Ich brauche einen Plan ...

Ich stehe auf und hole mir ein Bier aus der Küche, gehe zurück in mein Zimmer und setze mich an den Laptop. Ich rufe die Seite meiner Universität auf und durchforste das Studienverzeichnis. Vielleicht kommt mir so eine Idee, was ich aus meinem Leben machen kann.

Ich lese die Namen der verschiedenen Studiengänge: Amerikanistik, Japanologie, BWL, Theaterwissenschaft, Medizin, etc., aber nichts davon spricht mich an. Nichts interessiert mich. Ich frage mich, ob ich tatsächlich ein Student sein will.

Bin ich nicht eher der Typ, der anpackt und arbeitet? Lernen fiel mir schon immer schwer, habe nie Bock, für eine Klausur zu lernen. Bereits ein Lehrwerk in die Hand zu nehmen, macht mir keinen Spaß. Pia war da schon immer anders. Sie hat gerne gelernt. In der Schule war sie es, die super Noten schrieb. Wenn sie mich nicht zum Lernen gedrängt hätte, hätte ich mein Abitur wahrscheinlich nie bestanden.

Wir haben damals immer zusammen gelernt. Das fand ich schön, weil ich so verliebt war. Auf jedes Treffen mit ihr freute ich mich, sodass die Verabredungen zum Lernen sogar von Vorfreude bestimmt waren. Doch irgendwann war das vorbei.

Im Studium habe ich völlig nachgelassen. Da konnte sie mich nicht mal mehr zum Lernen bewegen und ich ließ alles schleifen. Es fing damit an, dass ich Klausuren nicht bestand, die Pia mit Bravour meisterte. So musste ich das Seminar oder die Vorlesung wiederholen und sie nicht. Sie ging weiter und wir hatten nicht mehr den gleichen Stoff zu bewältigen, womit unsere gemeinsame Lernzeit auseinander ging. Sie hatte ihren eigenen Stoff und daher keine Zeit mehr, mich abzufragen. Somit habe ich noch weniger gelernt.

Irgendwann hatte sie das erste Staatsexamen und ich nicht. Danach kam sie ins Referendariat. Ich sollte weiter studieren, tat jedoch gar nichts mehr für die Uni. Pia hat das nicht einmal gemerkt, weil das Referendariat so anstrengend war. Sie musste sich auf sich selbst konzentrieren. Ihr zweites Staatsexamen kam, was sie auch bewältigte. Nun ist sie Lehrerin mit einer festen Beamtenstelle. Und ich bin nach wie vor Student. Student im 14. Semester ... So kann das nicht weitergehen, da hat Pia recht.

Aber wahrscheinlich ist es einfach nichts für mich. Besser ich merke das spät als nie. Jedoch stellt sich die Frage, was ich stattdessen machen möchte? Ich bin ahnungslos. Diese Internetseite gibt mir jedenfalls keine Antworten.

Allerdings muss mir etwas einfallen. Ich muss Pia etwas Konkretes präsentieren, damit sie meinen Willen sieht. Irgendwas sollte ich ihr vorstellen können, sonst sehe ich schwarz.

Ich klappe den Laptop resigniert zu. So wird das nichts. Ich atme tief durch und gehe in mich. Wie sieht meine Zukunft aus? Womit werde ich glücklich? Komm schon! Ich zerbreche mir den Kopf. Hoffentlich fällt mir bald was ein.

Tom

Was habe ich bloß getan? Immer wieder kreisen meine Gedanken um diese eine Sache. Ich habe mit einem anderen Kerl geschlafen! Nie hätte ich gedacht, dass ich Ronny einmal betrüge, dabei liebe ich ihn so sehr. Was war da bloß in mich gefahren?

In meinem Zimmer laufe ich auf und ab, kaue an meinen Fingernägeln. Ich weiß absolut nicht, was ich tun soll. Wenn ich ihm alles beichte, wird unsere Beziehung vielleicht zu Ende sein. Und es ist nur meine Schuld! Wie ich ihn vermisse ... Aber warum mache ich dann so eine verfluchte Scheiße? Bin ich bescheuert? Ich bin sauer auf mich und gleichzeitig enttäuscht.

Plötzlich überkommt mich ein Gefühl der Flucht. Ich will einfach nur weg. Ich schnappe mir den Haustürschlüssel und stürme aus der Wohnung. Ich gehe zum Motorrad und ziehe mir den Helm über den Kopf. Ich muss hier verschwinden. Je weiter, desto besser.

Ich steige auf mein Bike und schmeiße die Maschine an, gebe Gas und rausche die Straße hinunter. An den Autos ziehe ich mit hoher Geschwindigkeit vorbei, genieße den Wind und das Geräusch des Motors. An den Häusern fliege ich förmlich vorbei. Ich spüre, wie das Adrenalin durch meinen Körper gepumpt wird. Schneller! Immer schneller!

Ich lande auf einer Landstraße. Rechts und links ist alles grün. Der Weg vor mir biegt sich. Erst in die eine Kurve, sogleich folgt die Zweite. Und dann die Nächste und Übernächste.

Mir ist alles egal. Ich will einfach nur weg und den Kopf auf andere Gedanken bringen, doch immer wieder blitzt Ronny vor meinen inneren Augen auf. Ich spüre Scham, bereue das, was ich getan habe.

Es fühlt sich an wie eine Flucht. Flucht vor dieser schändlichen Tat, vor der ich jedoch nicht einfach abhauen kann. Es fühlt sich an, als ob ich zu langsam wäre. Ich muss schneller werden. Noch schneller ... Viel schneller!

Plötzlich sehe ich da etwas auf der Straße: Ein Igel? Nein! Ich weiche in letzter Sekunde aus, komme von der Straße ab. Mein Bike unter mir strauchelt und ich verliere die Kontrolle.

Ich falle ...

Miguel

Hier war ich schon lange nicht mehr. Meine Agentur. Eigentlich war es in letzter Zeit so, dass mich mein Agent immer anrief, wenn er einen Job für mich hatte. Ich erschien zum vereinbarten Termin bei den Castings, so musste ich nicht mehr hier in die Agentur kommen.

Aber seit einiger Zeit hat mein Agent keinen Job mehr für mich und ich brauche dringend die Kohle. Deshalb will ich jetzt mal bei ihm vorbeischauen und fragen, ob er mal wieder ein Casting für mich hat.

Ich laufe die Treppen hinauf zu seinem Büro. Heinz schaut vielleicht ein bisschen unseriös aus, aber er hat mir stets treu die Stange gehalten und mir viele Jobs besorgt. Wenn er da ist, trägt er bestimmt seinen weißen Anzug. Er hat lange blonde Haare und trägt immer eine Sonnenbrille, sogar im Winter. Er sieht ein bisschen aus wie eine Mischung aus dem Typen aus Miami Vice und einem Zuhälter, ist schon fast 60 Jahre alt, aber hat total viel Ahnung vom Modelbusiness.

Nun stehe ich wieder vor seinem Büro und es fällt mir ein: Vor zwei Jahren war ich das letzte Mal hier. Ich klopfe an.

»Herein«, höre ich seine Stimme von innen.

Er ist da. Sogleich betrete ich das recht große Büro. Die Wände sind weiß, was mich schon immer irritiert hat. Zwei Metallregale stehen an der Wand und ein großer Aktenschrank, in dem auch meine zu finden sein sollte. Hinter einem großen, hellen Schreibtisch blickt mich Heinz durch die Sonnenbrille an. Seine Hände sind noch an der Tastatur des Laptops, aber er hält inne.

»Miguel!«, ruft er überrascht. »Was machst du denn hier?«

»Heinz, ich brauche einen Job. Du meldest dich gar nicht mehr und daher dachte ich, ich schaue mal hier rein.«

Ohne darum gebeten zu werden, setze ich mich ihm gegenüber auf einen der beiden Stühle.

»Ach, du kennst das doch. Momentan habe ich eben nichts Passendes für dich, aber wenn es was gibt, melde ich mich bei dir.«

»Heinz«, spreche ich ihn noch mal nachdrücklich an, »du kannst dir diese Floskeln sparen. Du hattest fast jede Woche was für mich und jetzt schon seit mehreren überhaupt nichts? Was ist los? Du kannst mir ruhig die Wahrheit sagen.«

Er seufzt, setzt sich aufrecht hin und verschränkt die Arme vor der Brust. Er guckt mich wie ein Vater an, der seinem Sohn jetzt mal die Welt erklären muss. Dann fragt er mich:

»Hast du mal in letzter Zeit in den Spiegel geschaut?«

Ich bin ein bisschen verwirrt. Was meint er? Ich habe einen makellosen Körper, das Sixpack ist nahezu perfekt. Ich muss ihn wohl fragend anschauen, denn er spricht weiter:

»Um es kurz zu machen: Du siehst abgefuckt aus.«

»Wie bitte?«, hake ich nach.

»Du hast Augenringe bis zu den Knien und bist bleich wie eine Leiche.«

»Das ist doch nicht wahr«, streite ich leicht zickig ab.

»Oh doch, mein Lieber. Du hattest mal bessere Zeiten. Momentan siehst du aus wie Lindsey Lohan in ihren schlimmsten Augenblicken. Ich erkenne es, wenn eine Koksnase vor mir sitzt.«

Ich bin empört, mein Körper spannt sich an. Ich öffne den Mund, um ihm etwas entgegenzusetzen, doch ich bin sprachlos. Ich weiß nicht, was ich dazu sagen soll, schüttle also nur irritiert den Kopf. Heinz blickt streng auf mich herab. Schließlich nehme ich mich wieder zusammen und kann etwas sagen:

»Das ist doch Blödsinn! Außerdem gibt es Make-up. Meine Augenringe kann man wegretuschieren.«

Als ich das sage, merke ich selbst, wie lächerlich ich klinge. So einfach wird Heinz es mir nicht machen. Irgendwie steigt ein Gefühl von Verzweiflung in mir auf.

»Miguel«, entgegnet nun mein Agent, »ich rate dir, schnell wieder auf die Beine zu kommen, sonst ist es vielleicht zu spät. Ich habe erst einmal keine Jobs für dich. So wie du aussiehst, kommst du durch kein Casting.«

»Das kann nicht sein«, erwidere ich ihm und springe vom Stuhl. »Es muss doch irgendeinen Job für mich geben. Komm schon, Heinz. Ich habe immer gut für dich gearbeitet. Jetzt kannst du mir mal einen Gefallen tun.«

Mein Agent hebt skeptisch die Augenbrauen. Er schiebt sich die Sonnenbrille nach vorn auf die Nasenspitze, sodass ich direkt in seine Augen sehen kann, die mich angespannt anstarren.

»Nun gut«, sagt er endlich. »Einen Job hätte ich vielleicht für dich. Das ist der einzige, den ich dir anbieten kann.«

»Super, Heinz!«, rufe ich aus. »Ich mache alles. Danke dir!«

Hoffentlich bereue ich das nicht ...

Sven

Ich freue mich so! Später habe ich eine Verabredung mit meinem Doktor Martins. Ich kann es kaum erwarten. Die Garderobe bietet mir aber nichts Passendes für diesen schönen Abend. Ich durchforste alles, aber nichts scheint gut genug. Dabei soll es der perfekte Abend werden. Mann, bin ich verknallt. Das ist ja fast schon albern.

Endlich habe ich etwas gefunden, was ich einigermaßen akzeptabel finde: Eine verwaschene Jeans und ein dunkelrotes Shirt, darüber trage ich mein dunkelblaues Sakko. Ich betrachte mich im Spiegel. Irgendwie bin ich nicht zufrieden. Die Hose schlabbert, was nicht mal so schlimm ist, doch das Sakko sieht aus, als würde ich heute damit zelten wollen.

Ich gehe rüber und klopfe an die Zimmertür meines neuen Mitbewohners Chris. Ich brauche seinen Rat.

»Ja?«, höre ich durch die Tür.

»Kann ich reinkommen?«, frage ich.

»Na klar«, kommt es prompt zurück.

Ich betrete sein Zimmer und er schaut vom Laptop auf. Er blickt mich erwartungsvoll an.

»Ich habe heute eine Verabredung mit meinem Doktor«, grinse ich. »Meinst du, das Outfit ist okay?«

Er betrachtet mich von oben bis unten und hakt dann nach:

»Was habt ihr vor?«

»Wir wollen essen gehen und danach ins Kino.«

»Ja, dann passt das Outfit. Je nach dem, wohin ihr geht, ist das Sakko vielleicht übertrieben, aber insgesamt ist es gut. Kann es sein, dass dir die Klamotten etwas zu groß sind?«

Er hat es also auch bemerkt.

»Schlimm?«, möchte ich kleinlaut wissen.

»Nein«, ist seine Antwort, »geht noch.«

Ich atme erleichtert auf.

»Danke«, sage ich und lächle ihm zu.

»Du bist ganz schön verliebt, oder?«, will er wissen und grinst plötzlich.

»Ehrlich gesagt ist mir das auch aufgefallen. Scheinbar stehe ich auf den Arzt.«

Wir beide lachen.

»Dann herzlichen Glückwunsch!«, gratuliert mir Chris. »Ich gönne es dir. Viel Spaß heute Abend.«

Er hält lächelnd den Daumen hoch. Ich entgegne dies mit der gleichen Geste und verlasse sein Zimmer. Als ich die Tür hinter mir zuziehe, sticht es mich in den Magen. Plötzlich packt mich ein Schmerz.

›Nicht schon wieder‹, denke ich.

Heute darf das nicht sein, denn ich will einen schönen Abend erleben. Also nicht an den Schmerz denken. Ich will mich lieber auf den Doktor freuen. Ich lasse es nicht zu! Wo sind nur meine Magentabletten?

Chris

Warum meldet sie sich denn nicht? Das kann doch einfach nicht wahr sein! Irgendwie finde ich es ein bisschen gemein, dass sie mir keine Chance gibt, mich zu erklären. Den ganzen Tag habe ich versucht, sie zu erreichen, aber es geht immer nur ihre Mailbox dran. Mittlerweile ist es Abend und heutzutage gibt es keinen Menschen mehr, der nicht zwischendurch mal aufs Handy schaut.

Ich glaube, ich rufe mal ihre Mutter an. Mit ihr hatte ich immer ein recht gutes Verhältnis. Ich nehme das Smartphone in die Hand und suche in meiner Kontaktliste nach deren Nummer. Nach kurzer Zeit geht sie schon mit ihrer bekannten, warmen Stimme ran. Ich freue mich ein bisschen, sie mal wieder zu hören.

»Ja?«

»Hallo, Margarete! Ich bin es, Chris.«

»Chris!«, ruft sie ehrlich erfreut aus. »Wie geht es dir?«

»Gesundheitlich ganz gut«, antworte ich vage.

»Was macht ihr Kinder auch für Sachen?«

Wie süß von ihr. Sie findet unsere Beziehungsprobleme kindisch. Pias Eltern sind schon über dreißig Jahre lang verheiratet und die beiden haben einige Höhen und Tiefen überstanden. Trennung wäre für sie nie in Frage gekommen. Heutige Beziehungen werden leider meist allzu schnell aufgegeben.

»Ich weiß es nicht«, antworte ich ehrlich. »Irgendwas scheint da schief zu laufen. Aber ich möchte das mit Pia klären. Leider kann ich sie nicht erreichen.«

»Sie ist für ein paar Tage zu ihrer Schwester nach Berlin gereist. Sie meinte, dass sie etwas Abstand bräuchte.«

»Verstehe«, erwidere ich. »Aber mit ihr ist alles in Ordnung? Sie geht nämlich nicht an ihr Handy.«

»Ja, alles in Ordnung. Ich habe gerade vorhin mit ihr telefoniert. Ich denke mal, dass sie bei dir einfach nicht rangeht.«

»Das habe ich mir schon gedacht.«

Wir beide seufzen gleichzeitig in den Hörer.

»Ich hoffe, ihr beide kriegt das wieder hin.«

»Dank dir«, sage ich zum Abschluss, dann verabschieden wir uns und ich lege auf.

Nun habe ich die Bestätigung: Sie ignoriert mich. Aber immerhin weiß ich jetzt, dass sie nicht zu Hause ist. Ich werde sie bei ihrer Rückkehr aufsuchen und mit ihr sprechen. Bis dahin muss ich eine Lösung für meine Lebenskrise gefunden haben.

Tom

Mir tut alles weh, schleppe mich dennoch die Treppe zur Wohnung hoch. Ich muss bestimmt einige blaue Flecken haben und spüre jeden einzelnen meiner Knochen. Als ich in die Wohnung komme, treffe ich auf Chris, der mich besorgt anschaut.

»Tom, was ist denn mit dir passiert?« Sofort stürzt er auf mich zu und schiebt sich unter meinen Arm. »Ich helfe dir.«

»Ich bin mit dem Motorrad gestürzt«, erkläre ich kurz.

»Das sieht man«, erwidert er. »Dein Gesicht ist voller Schrammen. Ich möchte gar nicht wissen, wie es unter deiner Motorradkluft aussieht. Soll ich einen Krankenwagen rufen?«

»Nein, ist schon gut. Es wird irgendwie gehen.«

»Besser wäre es aber. Ich kann dich auch ins Krankenhaus bringen. Ich finde, du solltest dich untersuchen lassen.«

»Es sieht schlimmer aus, als es ist.«

Mit Chris' Hilfe schleppe ich mich ins Wohnzimmer auf die Couch. Mein Mitbewohner ist so nett und bringt mir ein Glas Wasser aus der Küche. Ich nehme einen Schluck und stelle es auf dem Wohnzimmertisch ab.

»Wie konnte das denn passieren?«, will er wissen.

»Ich musste einem Igel ausweichen und bin von einer Landstraße abgekommen. Zum Glück bin ich auf einer Wiese gelandet.«

»Das war wirklich Glück«, bestätigt er mir. »Was machst du bloß für Sachen?«

Da überfällt es mich wieder. Ich lege den Kopf in meine Arme und merke, dass Tränen in meine Augen schießen.

»Ich wollte einfach weg«, schluchze ich ein bisschen zu weinerlich für meinen Geschmack. »Ich bereue so sehr, was ich getan habe und weiß einfach nicht, wie ich Ronny noch unter die Augen treten kann.«

»Das ist echt scheiße«, gibt Chris zu.

Er beginnt, mir den Rücken zu tätscheln. Nun kann ich es nicht mehr aufhalten und fange bitterlich an zu weinen.

Miguel

Heinz nimmt mich im Auto mit. Ich bin gespannt, wo es hingeht. Voller Vorfreude bin ich auf einen neuen Modeljob gespannt, doch Heinz hält sich bedeckt und bleibt die ganze Zeit über still.

Wir halten an einem alten, heruntergekommen Gebäude in einer kleinen Seitenstraße. Das sieht nicht sehr einladend aus. Normalerweise finden Castings oder die Produktionen an etwas glamouröseren Orten statt. Dies erinnert eher an eine sehr billige Produktion.

Wir steigen ein paar alte Steinstufen hinauf. Die Tür quietscht, als wir einen großen Raum betreten. Überall sind Kameras aufgebaut. In der Mitte des Raumes steht ein Bett. Die Wände sind kaum verputzt, sodass es total fehl am Platz wirkt. Viele Menschen laufen geschäftig hin und her.

»Ist das hier eine Filmproduktion?«, frage ich meinen Agenten skeptisch. Soll ich etwa in einem Low-Budget-Film mitspielen?

»Du hast es erfasst«, sagt er kleinlaut und ich wundere mich.

Dann sehe ich plötzlich drei recht muskulöse Männer an mir vorbeilaufen. Sie sind splitterfasernackt! Da wird mir bewusst, wo wir uns befinden und ein Schauer jagt mir über den Rücken.

»Das ist nicht dein Ernst«, sage ich entsetzt zu Heinz. Er schaut lediglich schuldbewusst, bevor er weiterspricht:

»Das ist der einzige Job, den ich dir anbieten kann, Miguel. Es tut mir leid. Aber wenn du tatsächlich Geld brauchst, solltest du es dir überlegen.«

Ein älterer Mann um die Fünfzig mit Glatze und Schnauzer kommt plötzlich auf uns zu. Sein dicker Bauch schwabbelt beim Gehen und mich schüttelt es innerlich.

»Heinz, da bist du ja«, begrüßt er meinen Agenten und reicht mir anschließend die Hand. »Ich bin Carlos, der Regisseur des Films.«

Ich zögere kurz, gebe ihm dennoch meine Hand.

»Hallo«, sage ich zaghaft.

»Du musst der Ersatzdarsteller sein. Mir ist heute einer meiner Jungs ausgefallen und da habe ich Heinz gebeten, mir einen Neuen vorbeizuschicken. Er sagte, dass heute dein erstes Mal ist, richtig?«

Ich nicke stumm und muss einen riesigen Kloß herunterschlucken, weiß nicht, ob ich einfach wieder aus dem Gebäude rennen und abhauen soll oder ob ich mir tatsächlich vorstellen kann, vor der Kamera zu ficken.

»Amir«, ruft Carlos plötzlich, »komm mal her.«

Einer der drei Nackten, die ich zuvor gesehen habe, kommt auf uns zu. Sein Schwanz ist groß und dick. Er steht ihm senkrecht vom Körper ab. Ich glaube es kaum.

»Miguel, das ist Amir. Das soll dein Partner für die heutige Szene sein.«

Der südländisch wirkende Typ mit den kurzen Stoppelhaaren schaut mich anzüglich an. Als er mir die Hand reicht, erwidere ich seine Geste. Doch statt mir einen Handschlag zu geben, schnappt er sich diese und zieht sie zu seinem Schwanz. Da habe ich nun dieses dicke Teil in der Hand und bin total überfordert.

Im nächsten Moment liege ich nackt auf dem Bett.

Sven

Meine Aufregung steigt ins Unermessliche. Ich betätige die Türklingel des Hochhauses.

»Ja bitte?«, ertönt es aus der Gegensprechanlage.

»Ich bin es, Sven«, antworte ich.

»Komm rein und fahr bis ins oberste Stockwerk.«

Die Tür summt und ich kann das Haus betreten, fahre wie angewiesen mit dem Fahrstuhl bis ganz nach oben. Mein Herz klopft. Zum Glück geht es meinem Bauch ein bisschen besser. Jetzt fühlt es sich eher so an, als ob Schmetterlinge darin Tango tanzen.

Ich steige aus dem Lift und sehe, wie direkt vor mir ein Kopf aus einer der Wohnungen schaut. Es ist mein Doktor. Er grinst mich an und ich muss unwillkürlich zurücklächeln.

Ich laufe zu ihm und falle ihm quasi schon um den Hals. Wir küssen uns, dann bittet er mich in seine Wohnung. ›Wohnung‹ ist das falsche Wort. Es ist ein Palast! Sein Loft befindet sich unter dem Dach. Wir befinden uns in seinem riesigen Wohnzimmer mit offener Küche. Die dunkle Ledercouch sieht so modern aus, dagegen erscheint mein Zuhause ziemlich plump. Gegenüber der Eingangstür blicke ich direkt durch bodentiefe Fenster. Die Sonne geht gerade unter und ich kann auf die Dächer der Stadt blicken. Das ist so romantisch.

Mein Doktor nimmt mich an der Hand und zieht mich mit sich. Ich frage mich, wohin er mich führt, bemerke allerdings den Balkon. Die Türen sind geöffnet und wir gehen nach draußen. Der Balkon ist so groß wie mein Schlafzimmer. In der Mitte steht ein runder, gedeckter Tisch mit zwei Stühlen. Ich schaue den

Doktor verträumt an, kann es kaum fassen. Er führt mich zu einem Stuhl und rückt mir diesen zurecht. Er ist ein richtiger Gentleman! Ich setze mich, ehe er mir erklärt, was er vorhat:

»Ich habe uns etwas gekocht. Ich bringe dir zunächst die Vorspeise. Du trinkst Rotwein, oder?«

Ich nicke und bin total hin und weg, schaue auf den Sonnenuntergang und mir weht ein zarter Wind um die Ohren. Ich sehe meinem Doktor Martins nach. Er sieht wieder umwerfend aus. Er trägt einen dunkelroten Seidenanzug, der ihm perfekt steht. Ich kann mein Glück kaum fassen.

Dies ist ein wunderbarer Abend – wenn nicht sogar der schönste Abend, den ich je erlebt habe. Wer hätte gedacht, dass mir ein Arztbesuch das Glück meines Lebens bescheren würde. Heute ist alles gut.

Chris

Was ein Verbandskoffer und eine Dusche alles bewirken können, wundert mich. Tom sieht beinahe wieder so aus wie immer. Ein paar Schrammen sieht man noch, aber er wirkt nicht mehr allzu zerstört. Wir setzen uns in die Küche und machen uns eine Flasche Bier auf.

»Vielen Dank«, brummt er.

»Nicht dafür«, antworte ich.

»Und was hast du heute so getrieben?«

Ich seufze. Und schon bin ich zurück auf dem Boden der Tatsachen. Soll ich es ihm wirklich erzählen? Ach, was soll's!

»Ich habe mir den ganzen Tag darüber Gedanken gemacht, was ich aus meinem Leben machen will und wie ich Pia zurückbekomme.«

»Und bist du zu einem Ergebnis gekommen?«, will Tom wissen und nippt an seinem Bier.

»Nicht wirklich. Ich weiß einfach nicht, was ich will.«

»Gibt es nichts, was dich wirklich interessiert? Etwas, das du wirklich machen willst?«

»Ich zerbreche mir schon die ganze Zeit darüber den Kopf, aber ich weiß es einfach nicht. Nur eines weiß ich: Ich bin kein Bücherwurm! Studieren liegt mir nicht. Ich will eher praktisch arbeiten.«

»Du packst also lieber an.« Er schmunzelt.

»Ja, genau«, sage ich und bin selbst überrascht, wie schnell mir diese Antwort kommt.

»Dann bist du vielleicht in einem handwerklichen Beruf besser aufgehoben«, schlägt Tom vor.

»Aber das würde Pia niemals gutheißen. Ihre Familie besteht nur aus Akademikern. Sie kennt es nicht anders. Für sie war es immer klar, dass wir beide studieren.«

»Na und?«, entgegnet mir mein Mitbewohner. »Wenn es *dich* nicht glücklich macht, hat das keinen Sinn. Du musst das machen, worauf du Lust hast und was dir Spaß macht und nicht, was deine Freundin von dir erwartet.«

Ich weiß, dass er recht hat, aber ich will Pia nicht vor den Kopf stoßen.

»Na ja«, spreche ich weiter, »nun ist es sowieso zu spät. Ich bin zu alt, um was völlig Neues anzufangen.«

»So ein Quatsch! Du bist niemals zu alt, um dir deine Wünsche zu erfüllen. Was würdest du gerne für einen Beruf erlernen?«

Ich überlege kurz. Dann sage ich:

»Keine Ahnung. Vielleicht so was wie Elektriker, Dachdecker oder am allerliebsten würde ich an Autos rumschrauben. Das haben mein Vater und ich in meiner Jugend oft gemacht. Das fand ich genial.«

»Dann musst du das auch machen«, erklärte mir Tom bestimmend.

»Aber ich habe so viel Zeit verschwendet. Was ist, wenn ich nun noch mehr Zeit damit verplempere?«

»Du verschwendest stattdessen lieber Zeit beim Studieren? Oder soll ich lieber sagen beim Nicht-Studieren ...«

Ich muss grinsen. Er hat recht und das muss ich einsehen. Wenn ich jetzt nicht die Kurve kriege, werde ich nur weiter leiden. Und Pia wird das bestimmt verstehen, hoffe ich jedenfalls. Momentan hat alles andere keinen Sinn. Wenn sie es nicht versteht, hat unsere Beziehung, so hart das auch klingt, keine Zukunft. Ich darf mich nicht komplett für sie verbiegen. Ein bisschen muss ich auch an mich selbst denken.

Ich weiß jedoch, dass es schwer wird, ihr das so beizubringen. Da werde ich mir genau überlegen müssen, wie ich es ihr offenbare und alles auf eine Karte setzen. Ein Ziel zu haben, wird sie vielleicht beeindrucken und zu mir zurückführen. Mal sehen, ob das funktioniert.

Tom

Als ich nach dem Gespräch mit Chris auf mein Zimmer gehe und mich ins Bett lege, merke ich, dass mir noch immer alles wehtut. Das lief heute nicht sonderlich gut. Was war da nur in mich gefahren?

Ich denke darüber nach, wie das alles passieren konnte. Mein Freund will sich doch nur seinen Traum erfüllen! Und weil ich ihn so vermisse, habe ich mir zu viele Gedanken gemacht... Wenn ich so nachsinne, muss ich feststellen, dass ich glücklich sein müsste. Indem ich Ronny nicht von dessen Traum abgehalten habe, hat sich gezeigt, dass ich nicht so bin wie Pia. Chris musste sich für sie verbiegen, mein Ronny darf so sein, wie er möchte.

Beinahe hätte ich ihn ebenso blockiert wie Pia Chris, aber zum Glück war ich nicht so stur. Jetzt ist Ronny in den Staaten und ich vermisse ihn. Das ist nichts Schlechtes! Es zeigt, wie sehr ich ihn liebe.

Und was mache ich? Ich betrüge ihn! Ich bin einfach mit einem anderen Kerl ins Bett gestiegen. Es bleibt mir nichts anderes übrig, als es Ronny zu beichten, ihm zu erklären, wie es dazu kam. Vielleicht versteht er, in welcher Krise ich steckte. Und wenn ich ihm aufzeige, dass mir diese Sache die Augen geöffnet hat und ich erkannte, wie sehr ich ihn liebe, wird er es vielleicht nachvollziehen können.

Natürlich wird er zunächst sauer sein, aber wir können uns aussprechen, wenn er wieder zurück ist. Das wäre die Möglichkeit für einen Neustart.

Ich glaube, so werde ich es machen. Die Wahrheit ist immer am besten. Sobald ich die Chance habe, werde ich es ihm beichten. Ich werde nicht warten, bis er hier ist. Nicht dass ich es mir noch einmal anders überlege. Außerdem hat er während seiner Motorradtour die Zeit, darüber nachzudenken.

Ich ziehe mir die Decke über und drehe mich auf die Seite. Mit diesem Gedanken lässt es sich etwas leichter einschlafen. Heute war ein anstrengender Tag und zum ersten Mal werde ich einigermaßen erleichtert schlafen können, denn ich habe einen Entschluss gefasst.

Miguel

Als ich durch die Tür unserer WG komme, flitze ich sofort ins Badezimmer. Ich habe das dringende Bedürfnis, mich eingehend zu waschen. Ich steige in die Dusche und lasse heißes Wasser auf mich laufen. Mit der rechten Hand greife ich nach meinem Duschgel und seife mich ordentlich ein, schrubbe, was das Zeug hält.

Es fühlt sich alles so dreckig an und ich weiß nicht, ob ich das abbekomme. Meine Arme sind schon ganz rot von dem heißen Nass und meinem Reiben. Aber ich höre nicht auf.

Was habe ich bloß getan? Wie tief kann man nur sinken? Ich bin Model und kein Pornodarsteller! Für ein paar Euro habe ich mich verkauft wie ein billiger Straßenstricher. Ich habe mich von einem fremden Typen vor der Kamera ficken lassen. Alles ist aufgenommen und wird bald auf der ganzen Welt über das Internet zu sehen sein.

Wenn meine Familie das sieht! Ich will gar nicht daran denken. Außerdem kriege ich doch jetzt niemals mehr einen seriösen Modeljob. Warum habe ich nicht ›nein‹ gesagt? Warum nur?

Ich merke, wie ich zum Boden der Dusche sinke und mir die Tränen in die Augen steigen. Ich habe es den ganzen Weg vom Set bis hierhin unterdrückt, kann jedoch nicht mehr. Ich fange an zu weinen, schluchze und kann meine Tränen nicht mehr stillen. Das Wasser prasselt noch immer wie ein Regenschauer auf mich nieder.

Da klopft es an der Tür und ich zucke zusammen.

»Miguel, bist du das?« Es ist Chris. »Ist alles in Ordnung mit dir?«

Ich heule geradezu auf, sodass mein Mitbewohner ins Badezimmer stürmt. Mir ist egal, ob er mich nackt sieht. Bald wird mich die ganze Welt so sehen. Und nicht nur das. Ich habe mich komplett entblößt! Bald wird mein steifer Schwanz und das durchgefickte Arschloch durch alle sozialen Netzwerke gehen.

Chris stellt das Wasser der Dusche ab und zieht mich heraus.

»Meine Güte, was ist passiert?« Er wirft ein Handtuch um mich, doch ich kann nicht anders und schmeiße mich ihm an den Hals. Ich brauche eine Umarmung.

»Bitte halte mich fest«, flehe ich weinerlich. Er nimmt mich verdutzt in den Arm. Etwas halbherzig und schüchtern, aber er macht es. Er ist ein guter Freund. Mein Mitbewohner bringt mich in mein Zimmer und wir setzen uns nebeneinander aufs Bett.

»Ich habe was Schreckliches getan«, fange ich an. Ich habe das Gefühl, es ihm sagen zu müssen. Ich muss es jemandem beichten, es loswerden und mich frei machen.

»So schlimm kann das doch nicht sein«, sagt er. »Oder hast du jemanden umgebracht?«

Tatsächlich schafft er es, mir ein zaghaftes Lächeln zu entlocken.

»Nein«, entgegne ich, »ich habe gerade in einem Porno mitgespielt.«

Er lacht. Warum lacht er? Das ist doch nicht zum Lachen.

»Ich meine es ernst«, sage ich. »Mein Agent hat mich dazu gedrängt. Es gab keinen anderen Job mehr für mich. Aus Verzweiflung habe ich es dann gemacht. Bald wird mich jeder im Internet sehen.«

»Oh«, entfährt es Chris und sein Lachen verstummt plötzlich. »Das klingt nicht gut.«

Ich beginne erneut zu weinen und er tätschelt mir den Rücken. Ich schluchze, denn ich bin dermaßen verzweifelt, da ich keinen Ausweg sehe.

»Was soll ich jetzt nur machen?«

»Kannst du vielleicht der Produktion nachträglich verbieten, den Film zu veröffentlichen?«

»Ich weiß nicht, aber ich glaube eher nicht. Irgendwas musste ich unterschreiben.«

»Dann musst du wohl oder übel damit leben.«

»Na, danke«, erwidere ich verbittert.

»Jetzt reg dich nicht auf. So schlimm ist es nun auch wieder nicht. Von so vielen Promis wurden Sextapes veröffentlicht ... Anfangs ist es ein Skandal, doch nach einiger Zeit spricht keiner mehr darüber. Und du bist nicht mal ein Promi.«

»Und ich werde es jetzt auch nie werden.« Ich seufze resigniert. »Ich wollte ein erfolgreiches und berühmtes Model werden. So bekomme ich nie wieder einen vernünftigen Job! Ich habe mir alles zerstört.«

»Du kennst doch den Spruch: Schließt sich eine Tür, öffnet sich eine andere.«

Ich weiß, er meint es gut, aber solche klugen Sprüche helfen mir gerade auch nicht weiter. Ich schaue ihn skeptisch an.

»Am besten, du schläfst eine Nacht darüber. Morgen sieht die Welt schon wieder ganz anders aus.«

Ich nicke stumm, denn etwas anderes bleibt mir nicht übrig.

»Natürlich nur, wenn du in diesem nassen Bett schlafen kannst.«

Mit einem spitzbübischen Lächeln schaut er an mir hinunter. Ich bin pitschnass und habe mein Bett total eingesaut. Unwillkürlich muss ich lachen. Er lacht auch und wir beide lachen gemeinsam. Lachen ist erleichternd. In stillen Gedanken bin ich erleichtert,

dass er es geschafft hat, mich ein bisschen abzulenken.
Vielleicht besteht ja doch noch Hoffnung?

Sven

Das Essen war lecker und der Abend wunderschön. Das Finale ist jedoch noch schöner.

Küssend führt mich Doktor Martins in sein Schlafzimmer. Er zieht mich auf dem Weg aus und wirft auch sein Sakko und das Hemd von sich. Er drängt mich schließlich aufs Bett und kniet sich vor mich nieder, um mir die Hose auszuziehen. Ich merke, wie sich mein Schwanz gegen die Innenseite der Hose drückt. Als er mir diese auszieht, hat sich ein Zelt in meiner Unterhose gebildet. Der Doktor schaut mich verführerisch an, ehe er mich wieder küsst. Erst auf den Mund, dann wandert er zum Kinn, am Hals hinunter, zum Bauch und geht immer tiefer. Den Bauchnabel umspielt er. Das prickelt. Danach geht er noch tiefer und zieht mir die Shorts nach unten. Mein Schwanz streckt sich ihm entgegen. Gierig nimmt er ihn in den Mund. Lust packt mich, als er die Eichel mit seiner Zunge umspielt und zärtlich daran lutscht.

Ich lasse mich nach hinten fallen und genieße den Augenblick. Langsam hebt er meinen Po an und während er mir weiter einen bläst, spielt er mit einer Hand mit meiner Rosette. Langsam massiert er das Loch, bis er einen Finger in mich einführt. Das tut so gut, dass ich aufpassen muss, nicht jetzt schon zu kommen.

Irgendwann steht er auf und zieht sich ebenfalls die Hose herunter. Sein dicker, schwarzer Schwanz mit der rosa Eichel springt geradezu hervor. Nun bin ich es, der sich wieder aufrichtet und gierig nach seinem Pimmel greift. Auch ich nehme ihn in den Mund. Doktor Martins stöhnt lustvoll auf, streichelt mir über den

Kopf, während ich ihm einen blase. Daraufhin dreht er sich um und bückt sich leicht, streckt mir seinen perfekten, großen und runden Arsch entgegen. Ich küsse ihn und lecke leicht an seiner Pospalte entlang. Mit beiden Händen öffnet er die Arschbacken und ich sehe seine Rosette. Ich kann nicht widerstehen und beginne, sie zu lecken. Erst umspiele ich das Loch mit der Zungenspitze. Er seufzt. Ich führe meine Zunge leicht bei ihm ein, was ihm ein Stöhnen entlockt. Beides mache ich abwechselnd, sodass er in voller Lust aufgeht.

Auf dem Nachttisch steht eine Tube Gleitcreme. Er greift danach und öffnet sie. Ein wenig verteilt er in den Händen und reibt damitsein Arschloch ein. Das ist eine Einladung. Anschließend öffnet er seine Nachttischschublade und holt ein Kondom heraus, das er mir reicht. Ich öffne es und ziehe es mir über. Der Doc beugt sich übers Bett und ich stehe auf.

Ganz leicht gleite ich in seinen Arsch und fange an, ihn zu ficken. Erst langsam, dann stetig schneller. Er stöhnt zunächst eher leise, später wird er immer lauter und lauter. Ich keuche ebenfalls voller Lust.

Bevor ich den Höhepunkt habe, dreht er sich herum und zieht mir das Kondom vom Schwanz. Er will, dass ich ihm ins Gesicht spritze. Voller Geilheit kommeich seinem Wunsch nach. So viel habe ich lange nicht mehr abgespritzt. Um seinen Mund ist mein ganzer Saft. Er steht auf und will, dass ich ihn küsse. Ich kann nicht anders und lasse es zu. Ich schmecke mich selbst. Das ist einfach nur geil.

Zusammen gehen wir unter die Dusche und wie sollte es anders sein? Wir legen eine weitere Runde ein. Die halbe Nacht vögeln wir und ich fühle mich gut. Irgendwann schlafen wir total fix und fertig ein.

Als die Sonne aufgeht, werde ich wach. Ein intensiver Schmerz packt mich. Ich richte mich stöhnend auf, wovon mein Doktor ebenfalls aufwacht.

»Was ist los?«

»Ich habe starke Schmerzen«, sage ich. »Schon wieder«, ergänze ich noch.

»Schon wieder?«, hakt er nach und runzelt die Stirn.

»Deshalb bin ich ja zu dir gekommen. Ich habe das öfter und es wird immer schlimmer.«

»Okay. Verstehe. Ich werde dich sofort an das Krankenhaus überweisen. So geht das nicht weiter. Sie sollen dich dort richtig durchchecken.«

Chris

Bereits den ganzen Vormittag sitze ich am Laptop und schreibe Bewerbungen. Im Internet habe ich alle möglichen handwerklichen Betriebe recherchiert und die Bewerbungsvorgaben herausgesucht. Jedoch starten alle Ausbildungsgänge in wenigen Wochen, daher wird es dieses Jahr sicherlich nichts mehr, außer ich habe unheimliches Glück. Das Glück ist mir generell aber derzeit nicht hold, wie ich festellen musste.

Trotzdem bin ich total euphorisiert. Irgendwie freut es mich, dass ich jetzt einen Plan habe und nicht mehr so ahnungslos bin.

Es klopft an der Tür.

»Ja?«

Tom kommt herein.

»Hey«, begrüßt er mich schief lächelnd. »Ich habe noch heute ein Vorstellungsgespräch für dich, wenn du willst.«

»Was? Wie? Wo?« Ich bin völlig perplex.

»Ich arbeite nebenbei in einer Auto- und Motorradwerkstatt. Da habe ich dich empfohlen und jetzt will der Chef dich kennenlernen.«

»Das hast du für mich gemacht?«

»Ja klar! Oder willst du noch ein Jahr länger warten?«

Es überkommt mich unbändige Freude. Ich springe auf und umarme meinen Mitbewohner, der auflacht.

»Danke! Danke! Danke!«, rufe ich aus.

»Also gehst du hin?«, hakt er breit grinsend nach.

»Natürlich«, antworte ich. »Das ist eine riesige Chance für mich. Ich bin für dieses Jahr viel zu spät dran, hätte also ein Jahr warten müssen.«

»Noch hast du den Ausbildungsplatz allerdings nicht«, belehrt er mich. »Ist es überhaupt dein Ding, an Autos herumzuschrauben?«

»Auf jeden Fall! Ich habe dir doch erzählt, dass ich das schon als Knirps mit meinem Vater gemacht habe.« Ich deute auf den Laptop. »Guck mal, ich war sowieso gerade dabei, meine Bewerbungsmappe zusammenzustellen. Da kann ich gleich meinen Lebenslauf und ein Bewerbungsschreiben für deinen Chef fertigmachen. Kannst du mir den Namen der Werkstatt und die Adresse geben?«

Während Tom mir die Daten diktiert, tippe ich sie in den PC ein. Ich freue mich so. Wenn ich die Stelle kriege, habe ich Pia etwas vorzuweisen. Dadurch weiß sie, dass ich es ernst meine und nicht nur Zeit schinden will. Sie muss nur noch akzeptieren, dass das mein Ding ist.

Tom

Zumindest konnte ich heute einen Menschen zufrieden stellen. Mal sehen, wie es mit dem anderen Menschen sein wird, der mir wesentlich mehr bedeutet. Wahrscheinlich wird erst einmal die Hölle einbrechen. Aber es geht nicht anders, ich muss es ihm beichten.

Ich setze mich an den Laptop in meinem Zimmer. Ich bin mit Ronny zum Chat verabredet, hatte ihm nachdrücklich erklärt, dass es wichtig ist und dass er sich heute dafür Zeit nehmen muss. Als ich das Chatprogramm öffne, ist er bereits online. Ich tippe:

```
BikerTom:    hallo ronny! wie geht es dir?
MotoRonny:   super und dir?
BikerTom:    gesundheitlich geht es mir gut.
MotoRonny:   nur gesundheitlich?
BikerTom:    ...
```

Eigentlich dachte ich, dass ich nicht so schnell zum Punkt kommen müsse. Das heißt wohl: Ab ins kalte Wasser springen und sofort damit rausrücken.

```
MotoRonny:   komm schon! was ist los? raus damit!
BikerTom:    neulich haben wir hier eine
             einstandsparty für den neuen
             mitbewohner geschmissen. und da
             floss, wie du dir denken kannst,
             sehr viel alkohol.
MotoRonny:   und da hast du mit deinem
             mitbewohner rumgemacht? lol
BikerTom:    nein, das nicht. aber mich hat so
             ein anderer typ angebaggert. und ...
```

es ist so scheiße, das hier zu
schreiben. ich würde es dir lieber
persönlich erzählen.

MotoRonny: du hast mit diesem kerl rumgemacht?

BikerTom: ja und noch mehr. bitte verzeih mir.
das hatte überhaupt nichts zu
bedeuten. und das schreibe ich jetzt
nicht nur so als floskel. ich liebe
dich und ich habe dich so vermisst
und ich bin mit dem motorrad
gefallen und ich bin so verzweifelt
und ich weiß nicht weiter.

MotoRonny: jetzt chill doch mal. ist doch halb
so wild. meine güte.

BikerTom: wie meinst du das? halb so wild?

MotoRonny: als ich nach amerika bin, habe ich
nicht erwartet, dass du in völliger
abstinenz lebst. ist doch alles
relaxed. mach dir keine gedanken.

BikerTom: bist du nicht eifersüchtig? oder
wütend?

MotoRonny: wieso? du hattest doch nur ein
bisschen spaß.

Jetzt bin ich überrascht. Er nimmt das total gelassen
auf. Damit habe ich gar nicht gerechnet. Was hat das zu
bedeuten? Ein normaler Mensch würde jetzt erst mal
total ausrasten. Und für ihn ist es gar nicht so schlimm.
Das ist echt seltsam.

BikerTom: sag mal, hast du da drüben auch sex
mit anderen kerlen?

MotoRonny: was denkst du denn? meinst du, nur
du hast einen trieb? und hier sind
total geile, schwule biker
unterwegs. da ist es normal, dass

man sich abends auch mal ein bett
teilt. ist doch okay.

BikerTom: wie bitte? du findest das okay? ich
aber nicht. du betrügst mich und für
dich ist es nicht schlimm?

MotoRonny: ich dachte, das wäre okay. und du
hast doch auch rumgevögelt.

BikerTom: ich habe nicht rumgevögelt. ich habe
mir einen fehltritt geleistet, den
ich unheimlich bereue. ich hatte
niemals vor, mit einem anderen typen
ins bett zu steigen.

MotoRonny: oh dann war das ein missverständnis.
ich dachte, das war dir bewusst.
schließlich will ich hier freiheit
pur erleben. das gehört für mich
dazu. sex, drugs and rock'n'roll,
you know?

BikerTom: du spinnst wohl! ich fühle mich
total vor den kopf gestoßen. ich
mache mir hier hundert jahre
vorwürfe, weil ich dich betrogen
habe. aber du fickst da jeden, der
nicht gleich bei drei auf den bäumen
ist?

MotoRonny: jetzt mach keine große sache daraus.
sieh es doch mal so: wir beide haben
einen fehler gemacht. wenn ich
wieder zuhause bin, kehren wir zum
alltag zurück und dann ist gut. lass
uns das jetzt nicht kaputtmachen. du
kannst ruhig deinen spaß haben,
solange ich hier bin. ich erlaube es
dir.

BikerTom: was? du bist echt bekloppt! Ich
              brauche deine beschissene erlaubnis
              nicht! du kannst mich mal!
BikerTom ist offline

Mir geht gerade nicht in den Kopf rein, was da eben abgelaufen ist. Ich fasse es nicht! Ich klappe meinen Laptop mit voller Wucht zu, stehe auf und laufe im Zimmer auf und ab, wobei ich mir an den Kopf greife.

Ich bin fix und fertig. Das kann doch alles nur ein böser Traum sein … Ich sitze hier, bin voller Verzweiflung vor Sehnsucht und er hat da drüben seinen Spaß mit anderen Kerlen?! Bin ich denn so dumm? Habe ich gedacht, ich wäre der Einzige für ihn? Warum bin ich nicht längst misstrauisch gewesen? Er war so desinteressiert mir gegenüber und überhaupt nicht eifersüchtig.

Wut steigt in mir auf. Am liebsten würde ich jetzt etwas zertrümmern. Was soll ich nur tun? Und ich dachte, er würde auf mich sauer sein. Dabei ist es andersherum! Ich könnte ihn in der Luft zerreißen. So ein Arschloch!

Miguel

Viola liegt ausgestreckt bäuchlings auf meinem Bett und macht gerade Selfies. Ich schaue ihr dabei gelangweilt vom Schreibtisch aus zu. Dann guckt sie mich erklärend an:

»Ich brauche ein neues Profilbild.«

Ich seufze nur. Sie richtet sich auf und guckt mich misstrauisch an.

»Was ist?«, fauche ich sie an.

»Das fragst du mich? Das muss ich dich eher fragen. Du benimmst dich schon seit einiger Zeit so komisch. Wo ist mein gut gelaunter bester Kumpel?«

»Der ist wahrscheinlich für immer fort.«

»Oh wie theatralisch.« Sie steht auf und kommt zu mir rüber. Sie streichelt mir über den Kopf. »Jetzt sag schon! Warum bist du so depri?«

»Alles ist beschissen«, entgegne ich und schiebe ihre Hände von meinem Kopf. »Es läuft nicht gerade gut.«

»Warum?   Brauchst   du   etwa   einen Stimmungsaufheller?« Sie kichert leicht hysterisch.

»Hör auf!«, meckere ich sie an. »Es ist Schluss damit. Ich will keine Drogen mehr nehmen. Sie haben alles kaputtgemacht.«

Jetzt schaut sie mich leicht verunsichert an.

»Warum?«, will sie wissen.

»Heinz hat keine richtigen Jobs mehr für mich, weil ich so scheiße aussehe. Augenringe und bleich wie eine Leiche.«

»Wozu gibt es Concealer und Solarium?«

»Meinst du das ernst? Sag mir jetzt bloß nicht, dass es bei dir jobmäßig gut läuft?«

Sie schweigt. Das sagt schon alles. Betroffen richtet sie den Blick zu Boden und setzt sich wieder aufs Bett. Dann schaut sie mir wieder ins Gesicht und strahlt hoffnungsvoll:

»Das wird schon wieder. Jeder hat mal eine Flaute. Bald werden wir die besten Jobs bekommen. Du wirst sehen!«

»Ich sehe nie wieder einen anständigen Job, denn ich habe es mir völlig zerstört.«

Sie reist erwartungsvoll die Augen auf. Ich merke, dass sie gespannt darauf wartet, dass ich fortfahre. Ich zögere erst, doch dann hole ich Luft:

»Heinz hat mich zu einem Pornodreh geschickt. Und ich habe tatsächlich mitgemacht.«

Viola verzieht keine Miene und nun warte ich gespannt auf eine Reaktion. Dann fängt sie an zu lachen. Was soll das denn jetzt?

»Das ist doch geil«, sagt sie sodann. Ich raffe es nicht, doch sie spricht weiter. »Weißt du, wie oft ich mit jemanden schlafen musste, um einen Job zu bekommen? Und du wirst dafür sogar noch bezahlt.«

»Geht es dir noch ganz gut?«, pflaume ich sie lautstark an. »Bist du von allen guten Geistern verlassen? Das ist doch nichts Gutes.«

»Jetzt hab dich doch nicht so. Du siehst gut aus und hast nichts zu verstecken. Außerdem verdient man so nicht schlecht.«

»Ich werde nie wieder was Seriöses machen können! Meine Karriere ist am Ende. Das war es.«

»Jetzt seh doch nicht alles gleich so schwarz.«

»Für dich ist alles nur ein Spiel, oder was?« Ich werde richtig sauer. Wie kann sie das nur so leicht nehmen?

»Mann, Miguel, sei doch ein bisschen lockerer. Es gibt viele Leute, die sich nackt im Internet präsentieren und die leben auch noch. Die Welt geht davon nicht unter.«

»Raus!«, brülle ich. »Hau ab!«

Ich möchte sie nicht mehr sehen. Sie hat wohl nicht mehr alle Tassen im Schrank. Mein Atem geht schnell. Ich muss mich beruhigen.

»Ist ja schon gut«, sagt sie kleinlaut, schnappt sich ihre Handtasche und verlässt mein Zimmer.

Jetzt bin ich wieder allein. Ich und mein Selbstmitleid.

Sven

Da müssen Viola und Miguel wohl einen großen Streit gehabt haben. Die Haustür knallt. Was da wohl los war? Ich frage ihn später mal. Zuerst muss ich allerdings zu meinem Termin ins Krankenhaus. Ein bisschen Angst habe ich ja schon. Was wohl dabei rauskommt? Ich habe die Befürchtung, dass es etwas Ernstes sein könnte.

Nur in Unterwäsche stehe ich vor dem Spiegel. Ich habe echt viel abgenommen in der letzten Zeit. Bei mir ist kaum noch Fett dran. Andere würden mich vielleicht beneiden, aber wenn man weiß, dass ich aus gesundheitlichen Gründen so an Gewicht verloren habe, sieht die ganze Sache schon wieder anders aus. Man sieht fast schon meine Rippen durch.

Aber ich sollte positiv denken und nicht den Teufel an die Wand malen. Wer weiß, vielleicht ist es nur etwas Harmloses. Vielleicht habe ich lediglich eine harmlose Glutenunverträglichkeit oder nur eine ungefährliche Laktoseintoleranz.

Ich ziehe mir eine Jeans und ein T-Shirt an, schaue danach aufs Handy. Es wird Zeit langsam loszugehen. Ich habe eine Nachricht von Doktor Martins:

Soll ich dich ins Krankenhaus begleiten?

Wie süß von ihm. Aber ich antworte, dass er das nicht müsse und ich alleine hingehe. Falls es etwas Schlimmeres ist, werde ich zunächst einmal alleine damit klarkommen müssen. Ich will nicht, dass ich mich vor ihm verstellen muss, nur damit er sich keine Sorgen macht.

Und wenn es harmlos ist, soll er sich nicht extra dafür frei nehmen. Ich brauche keinen Babysitter.

Ich stecke mir das Handy in die Hose, gehe in den Flur und ziehe mir die Schuhe an.

»Auf geht's«, sage ich zu mir und greife nach meinem Hausschlüssel, bevor ich die Wohnung verlasse.

Chris

Die Werkstatt sieht von außen schon ziemlich groß aus. Normalerweise kenne ich nur solche Werkstätten, die aus einer einzigen Garage und einem Parkplatz bestehen. Hier gibt es scheinbar ein richtiges Bürogebäude und mehrere Stätten, in denen geschraubt wird. Es laufen auch viele Männer im Blaumann herum und da drüben sehe ich sogar einen speziellen Platz für Motorräder.

Einer der Mitarbeiter läuft an mir vorbei und ich frage ihn, wo ich den Chef finden kann. Er zeigt auf das Gebäude, worin ich bereits die Büros vermutet habe. Ich gehe rüber und merke, dass die Eingangstür offen ist. Mich erwartet eine Empfangsdame hinter dem Tresen. Sie ist um die fünfzig und lächelt mich nett an.

»Wie kann ich Ihnen helfen?«

»Guten Tag, ich habe ein Vorstellungsgespräch hier.«

»Ach, Sie müssen Toms Mitbewohner sein. Mein Mann wartet schon auf Sie. Da drüben ist sein Büro. Klopfen Sie einfach an.«

Ich bedanke mich höflich und gehe zu dem Büro, wohin sie mich geschickt hat. Ich klopfe an und höre ein fröhliches »Herein«.

Als ich durch die Tür komme, sehe ich einen kräftigen Mann hinter dem Schreibtisch. Er trägt zwar keinen Blaumann wie die Mitarbeiter, aber sein Shirt ist voller Ölflecken. Er sieht verschwitzt aus.

»Guten Tag«, sage ich und halte ihm die Hand hin.

»Guten Tag! Lassen Sie das besser mit der Hand. Ich bin voller Öl.«

»Das ist doch nicht schlimm«, sage ich und strecke noch immer die Hand aus.

»Das gefällt mir«, lobt der Chef und ergreift nun seinerseits meine Hand. »Sie haben keine Angst, schmutzig zu werden.«

»Dann wäre ich wohl falsch hier«, entgegne ich und lächle.

»Sehr schön. Dann hat Tom nicht zu viel versprochen. Sie sind sein Mitbewohner Chris, nicht wahr?«

»Genau. Vielen Dank für das spontane Vorstellungsgespräch.«

»Haben Sie denn Erfahrung in diesem Beruf?«

»Professionell habe ich darin noch nicht gearbeitet, aber als Kind habe ich schon mit meinem Vater an Autos gewerkelt.«

»Und erst jetzt wollen Sie in diese Branche einschlagen?«

Ich zögere. Mir ist diese Frage unangenehm, aber ich wusste, dass sie kommen würde. Ich beschließe, die Wahrheit zu sagen.

»Man erwartete von mir, dass ich studiere und die Akademiker-Laufbahn angehe. Das ist allerdings überhaupt nicht mein Ding. Anderen Menschen zuliebe habe ich es lange versucht, aber jetzt will ich das machen, was mir wirklich Spaß macht.«

»Danke Ihnen für Ihre Offenheit. Ich werde auch Ihnen gegenüber offen sein: Wir haben keinen Platz mehr für einen Azubi. Alle Ausbildungsplätze sind vergeben. Dennoch möchte ich Ihnen eine Chance geben. Sie können hier bis zum Beginn der Ausbildung aushelfen. Wenn Sie Ihre Sache gut machen, dürfen Sie hier eine Ausbildung machen.«

Ich fange an, übers ganze Gesicht zu strahlen.

»Vielen herzlichen Dank! Sie wissen gar nicht, was mir das bedeutet! Ich werde Sie nicht enttäuschen.«

»Wann können Sie anfangen?«

»Sofort!«

»Das gefällt mir. Morgen früh sind Sie um neun Uhr hier.« Mein neuer Boss reicht mir abermals die Hand und ich verabschiede mich. Was für ein Vorstellungsgespräch! Ich könnte Bäume ausreißen ...

Tom

Mein Handy vibriert. Ich habe eine Nachricht. Bestimmt ist sie von Ronny. Ich habe keine Lust, sie zu lesen. Ich bin so sauer und enttäuscht. Er wird es sowieso nicht besser machen.

Dann sehe ich jedoch, dass sie von Chris ist:

Dein Chef gibt mir eine Chance. Ich freue mich
    so. Danke dir nochmal! Du hast was gut bei mir.

Die Nachricht kann mich leider nicht aufheitern. Ich lösche sie und schmeiße das Handy aufs Bett. Heute will ich nichts mehr hören.

Ich verlasse mein Zimmer, muss raus. Als ich aus der Wohnung bin, laufe ich einfach los. Ich weiß nicht, wohin. Einfach nur geradeaus. Ich muss mich ablenken. Jetzt bräuchte ich mein Motorrad, aber das muss erst einmal repariert werden.

Ich marschiere bis zur nächsten Bar, setze mich an den Tresen und bestelle gleich zwei Kurze. Auf Ex haue ich beide weg, bestelle einen weiteren. Der Barkeeper gibt sie mir anstandslos.

Es vergeht eine Weile und ich bin schon völlig betrunken. Auf einmal setzt sich jemand neben mich und spricht mich an:

»Hey, lange nicht mehr gesehen.«

Ich schaue ihn an und erkenne, wer es ist. Es ist der Typ, mit dem ich Sex hatte. Was macht der denn hier?

»Hallo«, sage ich desinteressiert und blicke erneut starr nach vorn.

»Du hättest dich ruhig mal melden können.« Ich antworte nicht, sondern bestelle mir ein Bier. »Für mich auch eines«, sagt er.

Dann beginnt es in mir zu rattern. Was ist, wenn ich nicht mit diesem Kerl ins Bett gegangen wäre? Im Grunde würde es mir jetzt noch schlecht gehen. Ich würde Ronny vermissen, während er in den Staaten irgendwelche Kerle vögelt. Eigentlich war es im Nachhinein doch ganz gut, dass ich fremd gegangen bin. So ist die Wahrheit zumindest ans Licht gekommen.

Ich schaue den Kerl an. Er lächelt. Ich proste ihm zu und wir trinken beide. Er plappert mich voll, aber ich höre gar nicht hin. Irgendwann packe ich ihm einfach zwischen die Beine.

»Hey, du gehst aber heute ran«, grinst er.

Ich stehe auf und gehe in Richtung Toilette. Er folgt mir. Dann ziehe ich ihn in ein Toilettenhäuschen. Zum Glück ist es noch so früh, sodass kaum Betrieb im Laden ist, weshalb wir hier unsere Ruhe haben.

Wir knutschen und ich ziehe ihm dabei den Gürtel aus. Ich ziehe seinen Schwanz aus der Hose und hole ihm einen runter. Er seufzt leise, während wir knutschen. Danach bückt er sich und öffnet mir die Hose. Als er meinen Schwanz herausholt, nimmt er ihn gleich in den Mund. Ich bin richtig forsch und ficke sein Maul. Er lutscht, was das Zeug hält und gibt sich echt Mühe.

Irgendwann ist es soweit und ich spritze ihm direkt in den Mund. Er leckt sich über die Lippen, als er wieder aufsteht. Er lächelt. Wie er sich freut ...

»Danke«, sagt er. »Das war gut. Wollen wir nicht mal unsere Nummern austauschen?«

»Ich habe mein Handy Zuhause gelassen«, sage ich wahrheitsgemäß.

Ihm vergeht das Lächeln.

»Du benutzt mich doch nur. Was soll das?«

Ich zucke mit den Schultern. Mir ist völlig egal, was er denkt.

»Arschloch«, meckert er, als er die Kabine verlässt. Er geht aus der Toilette. Ich wasche mir die Hände und marschiere zurück zum Tresen. Der Typ ist weg und mir ist es egal.

Miguel

Weil ich mich ablenken will, schaue ich mir Pornos im Internet an. So habe ich mich immer am besten ablenken können. Wenn ich wichse, denke ich nur an Sex und nie an Probleme. Diesmal ist es jedoch anders. Ich kann mir die Filmchen nicht ansehen, ohne an meinen eigenen Pornodreh zu denken.

Ich schalte den Computer aus und lege mich ins Bett, schließe die Augen, doch die Szenen beim Dreh gehen mir nicht aus dem Kopf. Ich liege auf dem Bett und lass mir von dem anderen Darsteller einen blasen. Scheinwerfer und Kamera sind auf mich gerichtet. Erst kriege ich keinen hoch, doch der Regisseur sagt, ich solle mir Zeit lassen. Er und auch Heinz schauen die ganze Zeit zu. Im Hintergrund sind noch zwei andere Darsteller, die sich einen runterholen.

Irgendwann ist mein Schwanz steif. Ich schäme mich, doch ich mache weiter. Immer wieder wird uns befohlen, die Positionen zu wechseln. Irgendwann wird meinem Drehpartner Gleitgel gereicht. Er soll mich in den Arsch ficken. Ich verkrampfe total und da rammt er mir seinen dicken Kolben mit Gewalt in den Arsch. Es tut weh, aber ich stöhne lustvoll. Ich spiele es nur. Ohne Gleitcreme wäre mein Arsch zu trocken gewesen und ich hätte noch mehr Schmerzen gehabt. So geht es irgendwie.

Anschließend kommen die anderen beiden dazu und wir machen zu viert auf dem Bett rum. Ich habe einen Schwanz im Arsch, einen anderen im Mund. Der Regisseur ruft immer wieder:

»Weiter so! Geil! So ist es richtig!«

Ich ekele mich, mache aber weiter. Zum Schluss soll ich mich auf den Rücken legen und die anderen drei spritzen mir auf den Bauch. Teilweise bekommt auch mein Gesicht etwas ab.

Als sich das alles in meinem Kopf wiederholt, steigen mir erneut Tränen in die Augen. Ich drehe mich auf den Bauch und schluchze in mein Kissen. Bald kann jeder sehen, wie ich durchgefickt und benutzt wurde. Zudem ist mein Ruf ruiniert. Wer will denn dann noch mit mir zusammen sein? Die Männer wollen mich höchstens noch für Sex. Sie werden denken, dass ich leicht zu haben bin.

Das war der größte Fehler meines Lebens! Ich schaue kurz zur Seite und sehe ein Tütchen unter meiner Matratze hervorblitzen. Ich greife danach. In dem Tütchen befindet sich mein letzter Koksvorrat. Ich überlege, ob ich es nehmen soll. Sich zudröhnen und einfach mit dem Kopf in eine andere Welt abtauchen. So gerne wäre ich high oder zumindest betäubt.

Ich richte mich auf und spiele mit dem Tütchen. Ich befühle es von allen Seiten. Soll ich oder soll ich nicht?

Nach einiger Zeit fasse ich einen Beschluss. Ich stehe auf, gehe ins Badezimmer und klappe die Toilettenbrille nach oben. Danach werfe ich das Tütchen in die Schüssel und betätige die Spülung. Weg mit dem beschissenen Zeug!

Sven

Mein Kopf ist leer. Ich weiß nicht, wie ich dorthin gekommen bin. Seit ich die Klinik verlassen habe, bin ich ziellos durch die Stadt gelaufen. Jetzt stehe ich vor der Tür von Doktor Martins.

Als er die Tür öffnet, falle ich ihm um den Hals. Ich umarme ihn und drücke ihn ganz fest.

»Da bist du ja«, flüstert er zärtlich. »Ich habe die ganze Zeit versucht, dich zu erreichen. Wo warst du?« Ich antworte nicht, sondern drücke ihn nur fester. »Was ist los?«, will er beunruhigt wissen.

Er führt mich ins Wohnzimmer und ich nehme auf der Couch Platz. Er holt mir ein Glas Wasser. Ich sitze steif da und trinke einen Schluck.

»Nun sag schon«, drängt er mich erwartungsvoll. »Was kam bei der Untersuchung heraus?«

Ich kann nicht reden. Ich bringe es nicht über die Lippen, denn dies würde bedeuten, dass es wahr ist. Ich will aber nicht, dass es wahr ist! Es soll nur ein Traum sein, ein Albtraum, aber bitte nicht die Realität.

Seit mir der Arzt die Diagnose im Krankenhaus stellte, konnte ich nichts mehr sagen. Ich ließ mir alles erklären und nickte nur stumm. Irgendwie fühle ich mich, als ob ich nicht da wäre. Mein Körper ist da, aber meine Gedanken sind ganz weit weg. Alles sehe ich durch einen Schleier.

Doktor Martins hält mir die Hände. Er zittert. Das heißt, er vermutet etwas Schlimmes. Damit hat er leider nicht Unrecht.

»Schatz«, sagt er erneut, »sprich bitte mit mir.« Nun klingt er ebenfalls verzweifelt. Ich reiße mich zusammen und sage es endlich:

»Pankreaskarzinom.«

Er schweigt betroffen. Er weiß, was es bedeutet: Bauchspeicheldrüsenkrebs. Mit großen Augen guckt er mich an. Hand in Hand sitzen wir steif da. Es vergehen Sekunden, die sich wie Minuten oder gar Stunden anfühlen, in denen wir uns nicht bewegen.

Dann breche ich das Schweigen:

»Ich werde sterben.«

Kein ›Vielleicht‹ und kein ›Wahrscheinlich‹. Es ist eine Feststellung. Es ist keine Frage, ob ich sterbe, sondern eher eine Frage der Zeit. Viel bleibt mir nicht mehr.

Chris

Morgenstund' hat Gold im Mund, heißt es doch so schön. Deshalb bin ich schon früh wach und putze mich raus für meinen ersten Tag in der Werkstatt.

Frisch geduscht und rasiert. Zwar werde ich auf der Arbeit wahrscheinlich schnell wieder dreckig werden, aber mir ist es egal.

Es ist echt seltsam. So wie heute habe ich mich nicht mal an meinem ersten Tag an der Uni gefühlt. Damals war ich total aufgeregt, aber nicht in so einer positiven Weise. Ich war erschreckt von der Größe des Campus und fragte mich, ob ich es schaffen würde. Mir fiel es richtig schwer, über die Türschwelle zu gehen, hatte eigentlich gar keine Lust.

Heute ist es ganz anders. Ich freue mich und kann es kaum erwarten, den Schraubenschlüssel in die Hand zu nehmen. Von mir aus wasche ich auch erst einmal ein paar Autos. Das macht mir nichts aus. Hauptsache, ich kann anpacken und muss keine blöden wissenschaftlichen Texte lesen.

Ich gehe in die Küche und mache mir einen Tee. Ich muss lachen, denn ich habe mich in der Zeit hier in der WG tatsächlich an Tee gewöhnt und trinke morgens gar keinen Kaffee mehr.

Die Haustür öffnet sich. Ich schaue durch die Küchentür. Tom kommt herein. Ich stürme auf ihn zu und umarme in heftig.

»Hey«, jammert er, doch ich lasse ihn nicht los.

»Vielen Dank nochmal«, rufe ich freudestrahlend. Ich gebe ihm sogar einen Kuss auf die Wange.

»Wofür habe ich das denn verdient?«, sagt er leicht genervt.

»Nicht falsch verstehen! Der war nur dafür, dass du mir den Job besorgt hast.«

»Oh«, sagt er, als ob er es schon vergessen hätte, »das freut mich.«

Dann sagt er nichts mehr und geht stumm und mit heruntergezogenen Mundwinkeln in sein Zimmer.

›Was ist denn in den gefahren?‹, frage ich mich. Eine gewaltige Fahne habe ich auch gerochen. Egal! Er ist erwachsen und weiß schon, was er tut. Ich muss mich jetzt auf mich konzentrieren.

Ein letzter Blick in den Spiegel. Perfekt! Ich nehme noch einen großen Schluck von meinem Pfefferminztee und setze mich entspannt an den Küchentisch. Eine halbe Stunde habe ich noch. Am liebsten würde ich jetzt schon los, aber ich gönne mir die kurze Verschnaufpause. Ich will ja schließlich später fit sein.

Tom

Ich bin total fertig. Nachdem die Bar zugemacht hatte, bin ich noch durch die Stadt gelaufen. Ohne Ziel. Das hat mich zwar ziemlich ausgelaugt, aber glücklicherweise auch einigermaßen ausgenüchtert.

Jetzt müsste ich eigentlich todmüde sein, aber ich will einfach nicht einschlafen. Ich kann das Thema nicht abschließen. Will ich das denn? Ich muss mir über meine Gefühle im Klaren werden.

Ich habe Ronny betrogen, doch er mich ebenfalls. Er sieht das nicht so, aber ich finde, das zeigt doch, dass unsere Beziehung sowieso am Ende ist. Wahrscheinlich haben wir ganz andere Vorstellungen von Treue und Ehrlichkeit. Nein, so möchte ich nicht weitermachen!

Ich bin total sauer. Nicht nur, dass er mit anderen Typen vögelt. Das ist es nicht … Es geht mir eher darum, dass er das auch noch völlig okay findet und mir das zubilligt. So eine Scheiße! Ich könnte ihm in die Fresse schlagen, wenn er jetzt vor mir stünde.

Außerdem hat er sich seit gestern nicht gemeldet. Nicht mal eine Nachricht aufs Handy. Ich setze mich an den Computer und will nachschauen, ob er mir zumindest eine Mail geschickt hat. Aber da ist nichts. Was für ein Arschloch!

Jetzt reicht es mir. Ich öffne ein neues Fensterund beschließe, ihm etwas zu schreiben:

```
Hallo Ronny,

es fällt mir nicht leicht, diese Email zu
schreiben, aber ich muss etwas loswerden: Du
bist ein Arschloch!
```

Richtig gelesen! Besonders bist du eines, weil
du dich nicht mal bei mir entschuldigst oder
so. Du meldest dich gar nicht nach der ganzen
Scheiße. Ich frage mich, warum? Aber
wahrscheinlich juckt es dich nicht, dass ich
sauer bin. Und mir wird immer mehr bewusst,
woran das liegt.
Du bist gerade in den Staaten und lebst deine
Freiheit, wie du es mir erzählt hast. Da lässt
du dich nicht von mir einschränken. Das habe
ich nun kapiert. Dabei habe ich mich die ganze
Zeit einschränken lassen. Ich habe dich die
ganze Zeit über tatsächlich vermisst und bin
daran fast verzweifelt.
Seit du drüben bist, war unsere Kommunikation
sehr kurz und du bist nicht auf mich
eingegangen. So sehr redete ich mir ein, dass
du gerade in Gedanken bist und die Eindrücke
dich komplett einnehmen. Doch wenn du wieder da
bist, würde alles wie früher sein.
Jetzt wird mir bewusst: Nichts ist wie früher!
Du lebst dort deine Freiheit aus, indem du gar
nicht an mich denkst. Meinst du etwa, hier wird
sich das ändern? Du hast doch sicherlich Blut
geleckt, oder? Du brauchst das. Für mich ist
das nichts. Ich brauche einen Mann, der mich
selbst in der Ferne liebt und an mich denkt.
Ich bezeichne das als Treue, Ehrlichkeit und
Vertrauen – oder zusammengefasst als LIEBE!
Du liebst mich nicht, was ich jetzt feststellen
musste. Und daher hat das alles keinen Sinn
mehr. Es ist aus. Viel Spaß noch!

(Nicht mehr) dein Tom

Ich lese die Mail noch einmal durch, bevor ich sie abschicke. Ich habe das Gefühl, nicht alles gesagt zu haben, auch bin ich mit der Wortwahl nicht zufrieden, aber ich habe keine Kraft, noch an den Formulierungen zu arbeiten. Ich lasse es so, wie es ist, und klicke auf ›Absenden‹. Ich bezweifle, dass ich darauf eine Antwort bekomme.

Aber dennoch befreit es mich. Nun ist es offiziell: Ich habe mit Ronny abgeschlossen. Wir sind kein Paar mehr. Es tut weh, aber so ist es besser. Ich muss nach vorn schauen und Ronny vergessen. Zum Glück ist er so weit weg, denn das macht es ein bisschen leichter.

Befreit lege ich mich in mein Bett und schließe die Augen. Ich merke, dass mich die Müdigkeit überkommt. Es dauert nicht lange, bis ich einschlafe.

Miguel

Mein Leben nehme ich nun wieder in die Hand. Heute ist ein guter Tag, um zu trainieren. Ich bin im Fitnessstudio und laufe mir auf dem Laufband die Hacken ab. Aber es tut gut und ich fühle mich frisch.

»Hallo Miguel«, sagt plötzlich eine mir bekannte Frauenstimme. Viola. »Wie läuft's?«

Ich schaue sie böse an. Sie blickt mir mit ihren großen Hundeaugen entschuldigend entgegen.

»Sehr gut«, brumme ich und konzentriere mich wieder aufs Laufband.

»Du siehst auch sehr gut aus.«

»Das muss mein Make-up sein.«

Sie lacht, als ob ich den Witz des Jahres gerissen hätte, stellt sich aufs Laufband rechts von meinem und rennt neben mir her. Ich versuche, sie nicht zu beachten.

»Es tut mir leid«, sagt sie plötzlich. »Ich habe total blöd reagiert. Ich bin die mieseste beste Freundin der Welt.«

»Aha«, entgegne ich lediglich.

»Aber ich wusste ehrlich nicht, was ich dazu sagen soll. Ich wollte, dass du dich besser fühlst und die Sache als nur halb so wild ansiehst. Ich dachte, das würde dich trösten.«

»Da hast du falsch gelegen. Ich hätte lieber jemanden gebraucht, der mich festhält und mit mir den Kummer teilt.«

»Das weiß ich jetzt auch.«

Wir beide schweigen uns an und laufen stumm nebeneinander her. Irgendwann steige ich vom Band und wische mir mit einem Handtuch den Schweiß aus dem Gesicht. Sie tut es mir gleich.

»Heißt das, wir sind nun keine Freunde mehr?«

»Viola, hör mal zu«, fange ich in einem ernsten Ton an und sie bekommt erneut ihren typischen Dackelblick. »Von nun an möchte ich mein Leben in den Griff kriegen. Ich nehme keine Drogen mehr und die ständigen Partys haben auch ein Ende. Bist du ebenfalls bereit, dein Leben zu ändern?«

Ich schaue ihr direkt in die Augen, doch sie zögert, schaut verunsichert durch die Gegend. Sie kann meinem Blick nicht standhalten. Schließlich antwortet sie:

»Ist das nicht ein bisschen zu übertrieben? Du musst ja nicht gleich abstinent werden.«

»Davon war nie die Rede. Den Drogen habe ich allerdings komplett abgeschworen. Nun heißt es Arbeit statt Lotterleben.«

Sie seufzt.

»Ab und zu mal einen durchziehen ist doch okay.«

Ich werde wieder böse.

»Du kapierst es echt nicht. Ich würde alsosagen, wir sollten getrennte Wege gehen. So hat das echt keinen Sinn. Mach's gut!«

Damit drehe ich mich um und lasse sie stehen. So eine wie sie kann ich jetzt ehrlich nicht gebrauchen. Sie zieht mich womöglich erneut rein. Dann suche ich mir eben andere Freunde.

Sven

Die ganze Zeit über bin ich bei Doktor Martins geblieben. Er hat mich getröstet, mit mir einfach nur im Bett gelegen und mich umarmt. Das habe ich gebraucht, aber jetzt muss ich Sachen regeln. Dafür muss ich zunächst mit meinen Mitbewohnern sprechen.

Ich schreibe ihnen alle eine Nachricht über das Handy und bitte sie darum, dass sie am Abend zu Hause sind. Alle erfragen natürlich den Grund, aber ich sage nur, dass es wichtig ist. Danach lasse ich mich von meinem Doktor nach Hause fahren. Er bringt mich sogar in die Wohnung, doch am Ende bitte ich ihn zu gehen. Ich möchte allein sein.

Irgendwann sind meine Mitbewohner alle daheim. Wir versammeln uns im Wohnzimmer. Sie sitzen auf der Couch und ich stehe, weil ich viel zu nervös und rastlos bin.

»Du machst es aber spannend«, sagt Chris. »Was ist denn los? Ist was mit der Wohnung? Müssen wir ausziehen?«

Sie lachen heiter.

»Vielleicht willst du hier ja jetzt mit deinem Doktor eine Familie gründen«, scherzt Miguel.

Doch da ich nicht mit ihnen lache, werden sie alle wieder ernst.

»Nun sag schon!«, drängt Tom.

Ich seufze und sage es dann gerade heraus:

»Ich habe Bauchspeicheldrüsenkrebs und werde sterben.«

Alle sind wie erstarrt. Schockiert schauen sie mich an. Miguel ist der Erste, der reagiert:

»Das ist doch ein Witz.«

Ich schüttle jedoch den Kopf.

»Deshalb hatte ich in der letzten Zeit so gesundheitliche Probleme.«

»Das gibt es doch nicht«, sagt Tom und steht auf. Er greift sich an den Kopf und läuft aufgebracht durchs Wohnzimmer. »Da gibt es doch bestimmt noch Behandlungsmöglichkeiten ...«

»Nein«, erwidere ich. »Zu spät.«

Miguel fängt an zu weinen. Er steht auf und umarmt mich, drückt mich fest an sich und schluchzt:

»Es tut mir so leid.«

Mir steigen auch die Tränen in die Augen, aber ich versuche, sie zu unterdrücken. Auch Tom kommt nun und umarmt mich von hinten.

»Gruppenumarmung?«, frage ich leicht weinerlich.

Da steht auch Chris auf und umarmt uns von der Seite. So stehen wir dann einige Zeit da. Umschlungen in einer Umarmung in unserem Wohnzimmer. Ich bin gerührt. Jetzt kann ich die Tränen doch nicht mehr zurückhalten. Ich weine los. Was habe ich nur für tolle Mitbewohner. Meine Freunde ...

Chris

Als Sven vor ein paar Tagen mit der schlimmen Nachricht herausrückte, traf es mich wie ein Schlag. Das ist so traurig. Ich kenne ihn zwar noch nicht so lange, aber trotzdem musste ich das erst einmal verarbeiten. Es ist schwer, sein Leben normal weiter zu führen, wenn du weißt, dass eine Person in deinem Umfeld sterben wird. Und wie muss sich Sven selbst fühlen? In seiner Haut möchte ich nicht stecken.

So gut es geht, verdränge ich diese Gedanken und bemühe mich, mein eigenes Leben in den Griff zu bekommen. Ich konzentriere mich auf Pia. Sie ist es, was jetzt zählt.

Als sie wieder da ist, meldet sie sich tatsächlich bei mir. Ich bin sehr überrascht, freue mich aber. Ich kann es kaum erwarten, sie wiederzusehen. Für einen kurzen Augenblick kann ich Svens nahenden Tod aus meinen Gedanken vertreiben.

Der Job in der Werkstatt läuft gut und es ist sehr wahrscheinlich, dass ich den Ausbildungsplatz bekomme. Das wird was, wenn ich mit lauter Teenies die Berufsschulbank drücken muss. Aber es ist es mir wert, wenn ich dann endlich die Richtung einschlagen kann, die mir zusagt. Nie wieder Uni!

Ich bin mit Pia in unserer alten Wohnung verabredet. Als ich die Wohnung betrete, sieht noch immer alles genauso aus wie vorher. Als ob ich niemals weg gewesen wäre.

Sie begrüßt mich tatsächlich mit einer Umarmung und einem Kuss auf die Wange. Sie scheint mir ausgeglichener zu sein. Wir setzen uns ins Wohnzimmer und sie bietet mir Kaffee an, doch ich frage, ob sie Tee da hat. Sie schaut verwundert, geht aber in die Küche und bereitet uns einen Früchtetee zu. Als alles angerichtet ist, können wir endlich miteinander sprechen. Sie fängt an:

»Chris«, sagt sie, »ich habe in Berlin über alles nachgedacht und ich glaube, wir sollten Nägel mit Köpfen machen.«

Hoffentlich meint sie nicht, was ich gerade denke. Ich muss bestürzt ausgesehen haben, denn sie tätschelt mir das Knie und fährt fort:

»Jetzt guck doch nicht so. Ich glaube, es hat sowieso keinen Sinn mehr gemacht. Du willst einfach keine Verantwortung übernehmen und ich kann nicht mit einem Langzeitstudenten weiterleben. Ich habe mir mein Leben anders vorgestellt. Eine Familie möchte ich irgendwann gründen, doch du scheinst niemals erwachsen werden zu wollen.«

»Wie bitte?«, stürzt es aus mir heraus.

»Ich meine das gar nicht böse. Es ist in Ordnung, wenn du das für dich so willst, nur für mich ist das nichts.«

»Nein, so ist das gar nicht«, widerspreche ich. »Wirklich!«

»Wir haben das doch zigmal durchgekaut. Lass es doch bitte gut sein und jeder für sich weitermachen.«

»Pia, jetzt hör mir doch endlich mal zu«, sage ich bestimmt. Sie erschrickt und wird sogleich stumm. Ich lächle, bevor ich weiterspreche. »Ich will Verantwortung übernehmen und eine Familie gründen. Mit dir. Was ich nicht will, ist das Studieren. Das ist nicht mein Ding und darüber musste ich mir erst klar werden. Das war noch nie mein Ding, aber ich habe das für dich getan.«

»Das stimmt doch nicht«, widerspricht sie kopfschüttelnd.

178

»Doch«, rede ich weiter. »Ich war so verliebt in dich, dass ich dir nie widersprochen habe. Aber mir war das Studium immer zuwider und daher werde ich nicht damit fertig. Ich will kein Lehrer werden. Und jetzt weiß ich ganz bestimmt, was ich in meinem Leben machen will.«

Sie schaut skeptisch.

»Und das wäre?«

»Derzeit habe ich einen Job in einer Auto- und Motorradwerkstatt angefangen. Das macht mir viel Spaß. Und ab Oktober beginne ich eine Ausbildung als Kfz-Mechatroniker.«

»Ich glaube, ich höre nicht richtig.« Sie starrt mich entgeistert an.

»Pia, bitte, das ist es, was ich machen will. Ich weiß, du würdest uns lieber als Akademiker-Paar sehen, dass viele kleine schlaue Kinder bekommt, ich bin allerdings eher jemand, der anpackt und was mit den Händen macht.«

Ich sehe, wie es in ihrem Kopf rattert und sie überlegt. Dann sagt sie:

»Nun, wenn hier was im Haushalt kaputt war, hast du dich nie gedrückt. Du hast auch die Waschmaschine meiner Eltern repariert und wenn ich mich recht erinnere, hast du mir mal erzählt, wie du mit deinem Vater oft an Autos geschraubt hast.«

Ich strahle über beide Ohren.

»Genau! Das ist es, Schatz! Das sind Tätigkeiten, in denen ich aufblühe. Keine wissenschaftlichen Texte, kein theoretisches Geschwafel. Ich will zupacken und praktisch arbeiten.«

»Aber in der Ausbildung muss man auch zur Berufsschule.«

»Aber nur zweimal die Woche. Das kriege ich hin, wenn ich hauptsächlich praktisch arbeiten darf.«

Sie ist noch immer nicht ganz überzeugt, doch sie lächelt.

»Na gut«, entgegnet sie mir, »wenn es wirklich das ist, was du tun willst, muss ich das wohl akzeptieren. Mir ist mittlerweile nur wichtig, dass du überhaupt etwas tust und nicht auf ewig durch irgendwelche Prüfungen fällst und nie einen Abschluss erreichst.«

»Richtig! Das sehe ich genauso. Also gibst du uns noch eine Chance?« Erwartungsvoll schaue ich sie an. Und sie nickt lächelnd. Ich springe auf und umarme sie.

»Du wirst es nicht bereuen, mein Schatz!«

Dann küssen wir uns innig und ich weiß, dass wir wieder zusammen sind.

Tom

Das ist echt nicht wahr. Ich glaube nicht, was ich sehe. Nach meiner Email an Ronny habe ich eine Ewigkeit nichts mehr von ihm gehört. Jetzt habe ich tatsächlich eine Nachricht von ihm in meinem Postfach.

Ich zögere, weil ich nicht weiß, ob ich lesen will, was er mir schreibt. Ein wenig habe ich Angst, dass es mir wehtun würde.

In meinem Zimmer laufe ich auf und ab und überlege hin und her. Öffnen oder einfach löschen? Öffnen oder löschen? Lesen oder lassen? Ich bin jedoch zu neugierig, kann nicht anders und öffne die Mail. Darin steht Folgendes:

Lieber Tom,

es tut mir wirklich leid, dass es so gekommen ist, wie es gekommen ist. Das kannst du mir glauben oder auch nicht. Es spielt keine Rolle mehr. Ich akzeptiere deinen Entschluss, dich von mir zu trennen. Vielleicht ist es besser so. Wenn du willst, können wir mal ein Bier trinken gehen, wenn ich wieder in Deutschland bin. Wenn nicht, ist das auch okay.
Ich wünsche dir alles Gute für deine Zukunft und dass du einen Partner nach deinen Vorstellungen findest.

Liebe Grüße
dein Ronny

Das war es also wirklich. Die Mail zeigt mir die Endgültigkeit auf, die ich nötig habe. Jetzt ist mir bewusst, dass wir tatsächlich getrennt sind und es kein Zurück mehr gibt. Und wenn ich so darüber nachdenke, weiß ich, dass ich auch gar nicht mehr dorthin zurück will.

Ich bin erleichtert. Nun kann ich nach vorne blicken und muss nicht mehr um diese Beziehung trauern. Sie war sowieso nur ein Trugbild. Ich habe in ihr etwas gesehen, das es nicht gab, wollte, dass es die Liebe meines Lebens ist. Aber jetzt ist mir klar, dass ich da nur etwas hineinprojiziert habe. Eigentlich war es mit Ronny und mir in dem Moment aus, als er allein nach Amerika gegangen ist. Da hätte es mir schon klar sein müssen, aber ich wollte es nicht wahrhaben. Ich hoffte, dass wir umeinander trauern und uns gegenseitig vermissen.

Jetzt ist es vorbei und ich bin tatsächlich glücklich darüber. Okay, vielleicht nicht gerade glücklich, aber ich bin ganz zufrieden. Jetzt kann ich mich auf mich konzentrieren. Es tut so gut, sich keine Gedanken mehr über diese Beziehung machen zu müssen. Jetzt kann es weiter gehen.

Miguel

Mir geht die Pumpe, habe Herzklopfen ohne Ende. Heute ist es soweit: Mein Porno wird veröffentlicht. Ich habe Angst, doch ich muss mich selbst davon überzeugen. Ich werde mir die Internetseite anschauen.

Verdrängen hilft ja nichts. Ob ich mir das selbst anschaue oder nicht, veröffentlicht wird es sowieso. Ich kann nur hoffen, dass es nie jemand sieht, den ich kenne. Das ist leider unwahrscheinlich, denn irgendwer findet so was ja immer. Ich müsste schon total naiv sein, wenn ich glaube, dass der Porno unentdeckt bleibt. Außerdem kennt mich die halbe Welt.

Nein, ich muss den Tatsachen ins Auge blicken und mir das persönlich angucken. Vielleicht ist es ja gar nicht so schlimm, wie ich denke.

Ich setze mich an den Laptop und starte ihn, öffne den Browser. Ich gebe die Produktionsfirma ein, bei der der Porno erscheinen soll. An erster Stelle wird mir deren Website angezeigt. Mit dem Mauszeiger kreise ich um den Link. Ich traue mich zunächst nicht, darauf zu klicken, doch dann tue ich es doch.

Die Startseite öffnet sich noch nicht, stattdessen werde ich gefragt, ob ich schon volljährig bin. Lächerlich! Als ob sich ein notgeiler Teenager davon abschrecken lassen würde. Ich klicke auf das grüne Feld und schon springen mir ein paar nackte Kerle samt Riesenschwänze ins Auge.

Ich scrolle nur ein klein wenig nach unten und dann wird mir auch schon das neuste Werk angezeigt. ›Keine Betthäschen – Jetzt kommen die Rammler‹, heißt der Film. Auf dem Cover sehe ich zwei meiner Kollegen, wie sie ficken. Dem ›Aktiven‹ in dem Fall wurden digital ein paar Hasenohren aufgesetzt. Wie lächerlich! Ich bin froh, dass ich nicht auf dem Cover abgebildet bin.

Dann klicke ich auf das Bild der DVD und es öffnet sich eine neue Seite. Nun sieht man auch die Rückseite der DVD und darauf sind ein paar Szenen des Filmes abgebildet. Ich vergrößere das Bild und dann sehe ich mich. Ich habe einen Schwanz im Mund und schaue lasziv in die Kamera. Ich erschrecke und fühle mich ertappt. Meinen Schwanz sieht man nicht, denn nur der Oberkörper ist abgebildet. Dennoch sieht man mich bei einer sexuellen Handlung. Mir sackt das Herz in die Hose und ich fühle mich richtig schlecht.

Ich sehe, dass man die DVD entweder bestellen oder man sie für einen gewissen Preis auch online streamen kann. Irgendjemand wird den Film irgendwo illegal kostenlos anbieten. Das passiert immer. Es ist nur eine Frage der Zeit und jeder wird sich anschauen können, wie ich gefickt werde. Dazu muss er wahrscheinlich nur meinen Namen eingeben.

Apropos Namen, ist mein richtiger Name angegeben worden? Ich schaue auf die Darstellerliste, doch mein Name ist nicht dabei. Also haben sie mir einen Künstlernamen gegeben. Ich google alle Namen und zu jedem taucht direkt ein Foto eines Darstellers auf, nur bei einem nicht. Das muss nun mein Künstlername sein: ›Assino Rosetti‹. Ernsthaft?! Haben sie einen italienischen Gigolo aus mir gemacht?

Egal! Zumindest findet man darunter noch keinen Eintrag im Internet und außerdem bringt niemand diesen Namen mit mir in Verbindung. Ich schließe den Browser und lasse alles erst mal auf mich wirken. Ich frage mich, wann ich das erste Mal damit konfrontiert werde? Und wie soll ich reagieren? Ich kann nicht jedes Mal in Tränen ausbrechen. Mein Leben muss irgendwie weitergehen. Ich sollte souverän damit umgehen. Das fällt mir bestimmt schwer, aber ich muss es lernen. Ich darf mir davon nicht das Leben ruinieren lassen!

Es muss einfach weitergehen. Ich werde mein Studium abschließen und mir einen seriösen Job suchen. Wenn mich jemand auf diesen Film aufmerksam macht, heißt das doch, er hat ihn gesehen und dürfte peinlich berührt sein. Das muss ich ausnutzen.

Ja, so mache ich das! Das Leben geht weiter und jetzt packe ich es richtig an. Es war ein Fehler, doch das wird mir nicht nochmal passieren. Ich habe daraus gelernt. Den Tiefpunkt meines Lebens habe ich überwunden und nun geht es nur noch bergauf. Außerdem heißt es doch: *Ist der Ruf erst ruiniert, lebt es sich ganz ungeniert.* Prinzipiell kann mir jetzt niemand mehr schaden. Wie denn auch?

Außerdem gibt es viel Schlimmeres. Mir tut es immer noch weh, wenn ich an Sven denke. Für ihn dürfte der Porno so ein lächerliches Problem darstellen. Er kann sich keine Gedanken mehr um die Zukunft machen, denn er hat keine mehr. Ihn würde so eine Sache gar nicht jucken. Daher darf ich mich davon erst recht nicht unterkriegen lassen. Ich habe mein Leben noch vor mir.

Sven

Nun liege ich hier im Krankenhaus und werde mit Medikamenten vollgepumpt, damit ich keine Schmerzen habe. Gegen körperliche Leiden gibt es so was, aber was ist mit meinem Geist? Selbst im benebelten Zustand weiß ich, was los ist.

Meine Mitbewohner besuchen mich, was ich unheimlich nett von ihnen finde. Chris, Tom und Miguel. Die Zeit mit ihnen war gut. Sie holen Stühle heran und setzen sich um mich herum. Miguel hält mir die Hand und senkt den Kopf.«

»Kopf hoch!«, sage ich zu ihm. »Hör doch auf mit dem Quatsch.« Ich versuche, gut gelaunt zu klingen, doch die drei schauen mich nur mitleidig an.

»Ach Sven«, jammert Miguel, »du hast das nicht verdient. Warum du? Du bist doch so ein anständiger Kerl.«

»Ja, das ist wahr«, stimmt Tom zu. »Du bist der einzige von uns, der sein Leben voll im Griff hatte. Du warst im Studium erfolgreich und dein Privatleben liegt auch nicht in Trümmern.«

»Leute«, meckere ich sie an, »als ob es hier um Gerechtigkeit geht. Außerdem bin ich kein Heiliger. Meine Liebe habe ich auch erst zuletzt gefunden.«

»Und jetzt kannst du sie nicht genießen«, schluchzt Miguel plötzlich. Chris tätschelt ihm den Rücken. Er ist ihr ruhiger Pol. Ich finde es toll, wie er sich um alle kümmert und dass er mich ebenfalls besucht, dabei kennen wir uns nicht so lange.«

»Jetzt hört doch auf, so Trauerklöße zu mimen. Das deprimiert mich total.« Ich lächle stur vor mich hin. Ich will, dass sie guter Dinge sind und mir ein bisschen die

Laune aufhellen. Was bringt es mir, wenn ich meine letzten Stunden in Traurigkeit verweile. Was ich will, ist ein paar Minuten Ablenkung. Mich interessiert Alltägliches, also frage ich:

»Chris, sag mal, wie sieht es mit Pia und dir aus?«

»Ganz gut«, berichtet er. »Wir sind wieder zusammen. Dank Tom habe ich jetzt ein Ziel und sie akzeptiert es. Ich beginne mit der Ausbildung und damit kann auch die richtige Lebensplanung beginnen.«

»Das ist super«, lobe ich. »Und was ist mit dir, Tom? Hat sich Ronny noch mal gemeldet?«

»Mit Ronny ist es endgültig aus und das ist auch okay so. Irgendwie wird es schon laufen.«

»Darüber mache ich mir keine Sorgen«, bestätige ich. »Irgendwann wirst du den richtigen Mann finden, genau wie ich.«

Wir lachen kurz auf. So ist es richtig.

»Miguel, nun erzähl mal, wie es bei dir läuft?«, wende ich mich an den Mann an meiner Hand.

»Du kannst ruhig den Porno erwähnen«, entgegnet er mir und wischt sich die Tränen ab. »Er ist online.« Dann schaut er die anderen beiden mit ernster Miene an und fährt fort. »Aber bitte nicht anschauen.«

»Hatte ich nie vor«, wehrt Chris schnell ab und schon müssen wir wieder ein bisschen lachen und auch Miguel stimmt mit ein.

»Bisher hat mich keiner darauf angesprochen. Mir ist unwohl bei dem Gedanken, aber ich kann es nicht mehr ändern.«

»Mach dir keine Sorgen«, sage ich. »Dich hat doch sowieso schon die halbe schwule Männerwelt nackt gesehen.«

»Sehr witzig«, entgegnet er gespielt beleidigt und da müssen wir erneut kichern.

Danach wird es ganz still im Krankenhauszimmer. Das ist unangenehm. Sie gucken mich erwartungsvoll an. Ich grinse und schließlich spreche ich noch einmal zu ihnen:

»Leute, es lässt sich nicht ändern. So ist das nun mal. Irgendwann sind wir alle dran. Mich trifft es früher als andere, aber dafür erspare ich mir all den Ärger. Beziehungskrisen, erfolglose Jobsuchen, frustrierende Hausarbeiten und irgendwann die Gebrechen im Alter. Ich überspringe das alles, das hat also auch Vorteile.«

Sie lachen höflich, auch wenn ihnen offensichtlich nicht danach ist. Ich schaue sie alle einzeln an, so wie sie dasitzen. Meine Augen werden feucht, doch ich halte die Tränen zurück.

»So, jetzt lasst euch alle nochmal drücken und dann ab mit euch. Ich brauche meine Ruhe und außerdem müsst ihr da draußen euer Leben leben. Los! Abmarsch!«

Sie stehen auf und wir machen noch einmal eine Gruppenumarmung. Das hätte schon viel früher zu einem Ritual werden sollen. Es tut gut und ich lächle.

Chris

Jetzt muss mein Zeug zurück in meine alte Wohnung und zu Pia. Ich freue mich darauf, auch wenn ich die WG vermissen werde. Irgendwie habe ich mich daran gewöhnt, mit den drei Kerlen zusammenzuleben. In dieser kurzen Zeit sind sie mir richtig ans Herz gewachsen. Diese Chaoten!

»Ich kann es irgendwie immer noch nicht fassen, dass du mit drei Schwulen zusammengewohnt hast«, sagt Pia, als sie eine Kiste aus meinem Zimmer trägt.

»Die Jungs sind total in Ordnung«, erkläre ich ihr. Sie lächelt und ich lächle ebenfalls, ehe ich ihr einen Kuss gebe und sie die Kiste durch das Treppenhaus nach unten zum Wagen trägt.

Ich bemerke, dass Svens Bruder durch die offene Tür kommt.

»Hallo, Bastian«, begrüße ich ihn. Wir geben uns die Hand. »Mein tiefes Mitgefühl.«

»Danke«, sagt er mit traurigen Augen. Auch ihn hat das Schicksal seines Bruders schwer getroffen.

»Wie kann ich dir helfen?«, frage ich ihn.

»Ich bin hier, weil ich die Wohnung übernehmen werde.«

»Ja, ich weiß«, sage ich. »Tom und Miguel werden auch ausziehen. Sie sind schon fleißig auf Zimmersuche.«

»Keinen Stress! Ihr könnt euch Zeit lassen.«

»Ich brauche keine. Ich ziehe zurück zu meiner Freundin.«

»Gratulation. Es ist total witzig, wenn ich daran denke, dass ich dich ebenfalls für schwul gehalten habe.«

»Glaube ich dir. Das habe ich ja auch von dir gedacht. Wenn man nur von Schwulen umgeben ist, geht man wohl automatisch davon aus.«

»So ist es. Aber ich halte dich nicht länger auf. Ich wollte nur ein paar Papiere holen. Ich wünsche dir alles Gute.«

Wir geben uns zum Abschied noch einmal die Hand. Danach geht er in Svens Zimmer und sucht etwas. Ich fahre währenddessen damit fort, meine Sachen aus dem Zimmer zu schaffen.

Tom

»Dein Motorrad ist wieder voll funktionstüchtig«, sagt mir der Chef.

»Endlich«, meine ich erleichtert. »Dank dir vielmals.«

»Nichts zu danken. Du bist einer meiner besten Mitarbeiter, auch wenn das nur dein Nebenjob ist. Es ist schade, dass du hier aufhörst.«

»Ach«, winke ich ab, »ihr habt doch jetzt einen würdigen Nachfolger gefunden.«

»Das ist wahr. Dafür muss ich dir danken. Chris ist super. Da hast du uns einen tollen Kerl angeschleppt.«

»Siehst du«, entgegne ich. »Aber vielleicht komme ich ja wieder zurück. Ich haue ja nicht komplett ab. Ich nehme mir nur ein Semester Auszeit von der Uni, um eine große Motorradtour durch Deutschland zu machen. Die USA hat ja nicht geklappt, aber hier sollte es kein Problem sein.«

»Das gönne ich dir von ganzem Herzen. So eine Tour ist echt genial. Als junger Mann wollte ich das auch machen, aber da kam mir mein geliebtes Eheweib in die Quere.« Er lacht herzhaft. »Und du kannst dir vorstellen, wie es weiterging. Die Kinder kamen und damit die Verpflichtungen. So was muss man machen, wenn man noch keine hat.«

Wenn er wüsste, wie wahr seine Worte sind. Ronny muss das auch so gesehen haben, nur ich nicht. Hätte ich das früher begriffen, hätte ich die Beziehung rechtzeitig beendet und nicht erst, als es schon zu spät war. Aber man lernt ja aus seinen Fehlern.

»Auf jeden Fall danke für alles«, sage ich zum Abschluss und reiche ihm die Hand. Er nimmt sie und zieht mich zu sich. Wir umarmen uns, bevor ich auf mein Bike steige und den Motor anlasse.

»Alles Gute«, ruft er mir hinterher, als ich vom Hof fahre. Ich folge der Straße, halte mich allerdings an die Geschwindigkeitsbegrenzung. Ich spüre den Wind und genieße es. Wie ich es doch vermisst habe. Zum Glück hat er das Bike reparieren können.

Jetzt kann es losgehen.

›Freiheit, ich komme!‹

Miguel

Viola will sich unbedingt mit mir treffen. Sie hat mir eine ellenlange Mail geschrieben, in der sie erklärt, dass ihr alles furchtbar leidtut und sie mich unheimlich vermisst. Eigentlich wollte ich sie nicht sehen. Zudem habe ich gerade Stress, weil ich dabei bin, in ein Studentenwohnheim zu ziehen. Ein weiterer Grund ist mein neuer Job im Call-Center. Da hätte ich heute eigentlich hingemusst, aber stattdessen sage ich ihr zu.

Ich habe beschlossen, ihr eine letzte Chance zu geben und daher treffen wir uns in unserem alten Lieblingscafé. Hier haben wir Stunden miteinander verbracht und einen Latte Macchiato nach dem anderen getrunken. Wir setzen uns auf zwei Sessel und bestellen bei einer Kellnerin. Ich beäuge Viola. Sie sieht anders aus. Aber nicht ihre Frisur oder das Make-up sind anders, es ist ihre Ausstrahlung.

»Was siehst du mich so an?«, wundert sie sich und wird dabei ein bisschen rot.

»Du siehst verändert aus. Irgendwie aufgeweckter.«

»Ich habe ein Déjà-vu«, entgegnet sie mir lachend. »Habe ich nicht so was Ähnliches zu dir gesagt, als wir uns das letzte Mal gesehen haben?«

»Stimmt«, bestätige ich. »Du meintest, ich sehe frischer aus. Da hatte ich gerade den Drogen abgeschworen.«

»Der Kandidat hat hundert Punkte. Ich habe seit Wochen keine Pille und kein Pulver mehr angefasst. Ich habe einen richtigen Entzug in einer Klinik gemacht.«

»Was?«, frage ich überrascht. »Aber so süchtig warst du doch gar nicht, oder?«

»Keine Ahnung, aber ich habe es dir zuliebe getan. Ich will, dass du mir glaubst, dass ich dir folgen möchte und ich dich bei allem unterstütze. Keine Drogen und keine Partys mehr. Versprochen!«

Ich kann kaum glauben, was ich da höre.

»Ernsthaft?«, hake ich erstaunt nach.

Sie lächelt freudestrahlend.

»Hier ist die neue Viola!«

Ich bin überwältigt. Das hätte ich niemals von ihr erwartet. Ich springe vom Sessel auf und drücke sie herzlich an mich.

»Das ist ja fantastisch«, rufe ich.

Auch sie drückt mich. Es ist ein toller Moment, mit dem ich nie und nimmer gerechnet hatte. Jetzt weiß ich, dass sie eine wahre Freundin ist ...

»Ich habe dich vermisst«, sage ich ihr leise.

»Ich dich auch«, antwortet sie.

Als ich mich nach dieser Euphorie wieder ein wenig beruhigt habe, frage ich, was wir zur Feier des Tages machen wollen.

»Wir könnten feiern gehen.«

Schockiert verstumme ich.

»Das war nur Spaß«, erlöst sie mich und kichert wie ein Teenager. »Wie wäre es mit einem DVD-Abend?«

»Das klingt super. Was wollen wir uns anschauen?«

»Na jedenfalls kein Film, in dem du mitspielst.«

Ich muss lachen und sie stimmt mit ein.

»Ja, das wollen wir wahrhaftig nicht.«

Sven

Mein Bruder kommt mich noch einmal besuchen.

»Hallo, Sven«, begrüßt er mich zaghaft. Ich öffne die Arme und deute an, dass ich eine Umarmung will. Er kommt zu mir und drückt mich fest an sich.

»Hallo, Bastian!«

»Wie geht es dir?«, fragt er, doch dann beißt er sich auf die Lippe. »Entschuldige, das ist eine dämliche Frage.«

»Nicht schlimm. Das ist eine Floskel, die wir täglich benutzen. Sie ist uns in Fleisch und Blut übergegangen. Jeder fragt lapidar nach der Gesundheit, auch wenn uns die Antwort im Grunde nicht interessiert.«

Er schaut betreten. Das wollte ich nicht. Ich hasse es, dass die Leute, die mich besuchen, immer wie Trauerklöße aussehen.

»So schlecht geht es mir nicht«, erkläre ich, um meinen Bruder zu beruhigen. »Ich bekomme Schmerzmittel und spüre fast gar nichts.«

»Das ist doch eine Scheiße«, bricht es aus ihm heraus. »Es ist so unfair! Ich weiß nicht, was ich sagen soll.«

»Jetzt beruhig dich«, raune ich. »Alles ist gut. Ich hatte ein sehr schönes Leben, auch wenn es kurz war. Ich hatte einen tollen Bruder und sehr gute Freunde. Meine Mitbewohner waren klasse! Und zuletzt konnte ich sogar noch Liebe finden.«

Er schaut mich mit einem zaghaften Lächeln an und ich schenke ihm ebenfalls eins. Danach frage ich ihn nach dem Geschäftlichen. Ich muss ihm noch offiziell die Wohnung übertragen. Etwas Gutes hat meine Lage, denn so kann ich vieles noch organisieren. Hätte ich einen plötzlichen Tod durch beispielsweise einen Unfall erlitten, wäre Bastian damit komplett auf sich allein gestellt. So erspare ihm und den anderen eine Menge Arbeit. Zwar bin ich seit Wochen ans Krankenhausbett gefesselt, aber von hier aus lassen sich trotzdem ein paar Dinge erledigen, außerdem lenkt es mich ein kleines Bisschen ab.

»Du schmeißt meine Freunde aber nicht raus«, ermahne ich ihn mit erhobenem Zeigefinger und Bastian lächelt.

»Natürlich nicht«, gesteht er mir zu. »Aber deine Mitbewohner sind alle schon dabei auszuziehen. Chris geht zu seiner Freundin zurück. Tom will eine Motorradtour durch Deutschland machen und kann das Zimmer nicht nebenbei halten. So stellt er seine Sachen bei den Eltern unter und sucht sich nach seiner Rückkehr eine neue Unterkunft. Und Miguel zieht ins Studentenwohnheim. Er verdient im Call-Center wohl nicht mehr so viel wie früher und da braucht er eine günstigere Unterkunft.«

»Verstehe«, sage ich nachdenklich nickend. »Das freut mich, dass sie nach vorn schauen.« Und das meine ich ernst. Ich bin beruhigt, dass sie Ziele in ihrem Leben haben. Ich hoffe sehnlichst, dass sie ein schönes, langes Leben vor sich haben. Ich gönne ihnen das von ganzem Herzen. Na ja, glücklicherweise sorgen die Medikamente dafür, dass ich mich für sie freue und nicht in Selbstmitleid zerfließe, weil ich nicht habe, was sie haben. Jetzt weiß ich, wie sich Miguel fühlte, als er noch Drogen nahm. Gar nicht mal so schlecht. Vielleicht hätte ich das früher ausprobieren sollen.

Nein, besser nicht ...

Epilog

Die Sonne scheint. Eine leichte Brise weht um die Bäume. Die Trauergemeinde versammelt sich um das Grab. Alle tragen schwarz und die Stimmung ist betrübt. Pia sieht, wie traurig ihr geliebter Freund schaut und legt ihm ihre Hand auf den Rücken. Er schaut sie an und lächelt leicht.

»Er war wohl ein guter Mann?«, fragt sie ihn leise.

»Ja, das war er«, bestätigt er. Dann gibt er seiner Freundin einen Kuss auf die Lippen.

Als die Beerdigung vorüber ist, laufen die Menschen langsam vom Friedhof. Viola und Miguel laufen stumm nebeneinander her, bis sie etwas sagt:

»Der Typ da, siehst du den? Der schaut dich die ganze Zeit an.«

Miguel guckt nach vorne und tatsächlich dreht sich ein gutaussehender Typ ständig um.

»Kennst du den?«, will sie wissen.

»Nein, nicht dass ich wüsste.«

Er lächelt seinen Vordermann an. Als die beiden sehen, dass er langsamer wird, gibt Viola ihrem besten Freund ein Zeichen und läuft einige Meter zur Seite. Schließlich laufen Miguel und der unbekannte Schöne auf gleicher Höhe. Sie lächeln sich an.

»Bist du Assino Rosetti?«

Für einen Moment erschrickt Miguel, aber er versucht, cool zu bleiben.

»Du hast meinen Film gesehen?«

»Er ist super«, grinst er und zwinkert ihm dabei vielsagend zu.

Auch Miguel muss jetzt grinsen. Miteinander flirtend laufen sie gemeinsam weiter.

Währenddessen läuft Tom rüber zum Motorradparkplatz. Bevor er sich den Helm aufsetzt, dreht er sich noch einmal zum Friedhof um.

»Ruhe in Frieden, mein Freund«, sagt er leise und steigt aufs Bike. Dann fährt er davon.

Ende

Verliebt in einen Wolf
Sam und Moe
von Sabrina Georgia und Pat Grace

Das Leben als Teenager ist im Grunde schon kompliziert genug. Davon kann Moritz Landvogt ein Lied singen. Von den Eltern zu einer Therapie gezwungen, schlägt er sich mehr oder weniger durch sein chaotisches Leben. Neben der Schule, die in Bezug auf das Verstecken vor seinen Mitschülern alles von ihm abverlangt, kommt ihm auf einmal auch noch einer der Nachbarn in die Quere. Samuel Johnsan hat seine eigene Firma, ist erfolgreich, trägt teure Klamotten und ist allgemein ziemlich selten allein in seinem Schlafzimmer. Ein Mann, dem es an nichts fehlt.

Während Moritz, der lieber Moe genannt wird, mehr damit beschäftigt ist, seine Flucht aus dem Elternhaus zu planen, spielt der Nachbar eine immer größere Rolle. Er könnte ihm helfen, alles hinter sich zu lassen. Wenn da nicht die ein oder andere Sache wäre ...

Von Tag zu Tag häufen sich die Tierangriffe, lassen die Gegend gefährlich werden. Was hat der Nachbar damit zu tun und wieso entwickelt er so großes Interesse an dem jungen Mann mit den langen schwarzen Locken?

9 783945 858776